그렇다고 멈출 수 없다

그렇다고 멈출 수 없다

대중음악의견가 서정민갑 산문

삶창

들어가며

이 책의 원고를 거의 마무리할 무렵 갑자기 공황이 왔다. 전조가 없었던 것은 아니었다. 2021년 연말쯤이었나. 집에서 급하게 비빔밥을 만들어 컴퓨터 앞에서 먹으며 일을 하고 있는데, 갑자기 멍해지더니 심장이 멈추는 것 같았다. 심장마비가 오나 싶고, 이렇게 갑자기 죽는 건가 싶어 물을 마시고 제자리뛰기를 했다. 멍해지긴 했지만 크게 문제가 생기진 않아 예정대로 밖에 나가 공연을 보고 돌아왔다. 하지만 공황이라는 것을 직감했다. 언제 다시 공황이 올까 걱정이 되었음에도, 다시 공황이 오면 그때 병원에 가든지 해야겠다는, 조금은 회피하고 싶은 마음으로 2주를 보냈다.

그리고 1월 3일 지인을 만나 에스프레소를 두 잔 마신 후, 다른 지인들과 연남동에서 이과두주를 홀짝이는데 공황이 찾아왔다. 이러다 말 줄 알았는데, 호흡이 잘 되지 않고 멍해지는 느낌이 계속 이어졌다. 물을 마시는 순간에는 호흡이 제대로 되어 쉴 새 없이 물을 마셨음에도 그때뿐이었다. 40분쯤 버티다 도저히 이대로 안 되겠다 싶어 함께 있던 이에게 앰뷸런스를 불러달라고 했다. 이윽고 앰뷸런스가 도착했고, 앰뷸런스에 실려 응급실로 향했다. 그 순간 덜컹거리던 앰뷸런스 침대의 느낌과 별별 생각이 다 떠오르던 당혹스러움은 평생 잊지 못할 것이다.

그 밤 네 시간쯤 앰뷸런스 안에 있었다. 코로나19 팬데믹 때문에 근처 병원 응급실은 자리가 없었다. 그 순간을 어떻게 표현해야 할까. 병원으로 향하고, 병원 응급실 앞에서 대기하는 내내 숨이 가빴고, 심장이 터질 것 같았다. 가슴이 부풀어 올라 터질 것 같은 느낌이었다면 이해가 될까. 이대로 죽는 건가 싶고, 이대로 죽을 수도 있겠다 싶었다. 하지만 그런 일은 일어나지 않았다. 곁에 있던 119 대원과 부인님은 내가 호흡이 조금 빠를 뿐, 심장박동수나 산소포화도도 정상이라 했다. 그 말이 엄청 위로가 되었지만 고통이 상쇄되진 않았다. 호흡을 조금만 천천히 하면 좋겠다고 하는데, 그게 그렇게 어려웠다. 보통 공황은 30분 이내로 끝난다고 하던데, 술을 마셔서인지 네 시간이 지나서야 겨우 가라앉았다. 나는 앰뷸런스 침대에 누운 채 시달리느라 힘이 쭉 빠져 녹다운 된 기분으로 집에 돌아왔다.

그 후 한동안 힘들었다. 다시 공황이 오진 않았지만 호흡이 예전처럼 잘 되지 않았다. 자주 들숨이 길어지고 날숨이 짧아져 고통스러웠다. 조금만 신경 쓰면, 일을 하거나, 책을 읽거나, 소셜미디어를 들여다보면 머리가 깨질 듯 아팠다.

누군가를 만나면 심장이 벌렁거려 말을 하기 힘들었다. 말을 많이 하기도 불가능했다. 얼굴은 핼쑥해졌다. 일의 양을 줄여야 했다. 두통을 견디고 자주 일을 멈추면서 겨우겨우 일해야 했다. 예전에 살던 대로 사는 건 불가능했다. 많이 먹기도 어려웠다. 잡혀 있던 약속들은 대부분 취소했다. 소파에 기대 누워 있어야 했고, 그나마 할 수 있는 건 음악을 듣는 것뿐이었다.

왜 이런 일이 생겼는지 잘 알고 있었다. 그 이야기가 이 책의 대부분일 것이다. 욕심이 너무 많았고, 꿈이 너무 높았다. 누구에게나 인정받는 사람이 되고 싶었고, 누구에게나 사랑받는 사람이 되고 싶었다. 어느 것 하나 놓치지 않는 사람이고 싶었다. 무엇보다 압도적으로 훌륭한 결과물을 내놓는 사람, 다정하고 친절하고 사려 깊은 사람이고 싶었다. 그래서 쉬지 않고 읽고 듣고 일하며 나를 채근했다.

나는 오래도록 틈이 없는 삶을 살았다. 일어나면서부터 저녁 무렵까지 내내 음악을 들었고, 계속 뭔가를 찾아 읽었다. 사람들이 나에 대해 어떻게 생각하는지 항상 신경을 썼고, 내가 원하는 내가 되지 못하는 자신에 대해 시도 때도 없이 좌절했다. 날마다 오늘 내가 뭘 잘못했는지 생각했고, 말을 많이 한 날이면 번번이 후회했다. 잘못했던 일들을 계속 곱씹으며 나를 증오했다. 소셜미디어의 논쟁과 댓글에 엄청 스트레스를 받았고, 아무리 노력해도 좀처럼 나아지지 않는 글과 평판에 자주 낙담했다. 누군가가 '좋아요'를 누르는지 안 누르는지 노심초사하면서 지켜보았고, 수없이 서운해하고 섭섭해했다.

그래서 더 발버둥 치듯 열심히 살았다. 어떻게든 변하고 싶고, 잘하고 싶었다. 나도 내가 너무 무리한다는 것을 알고 있었다. 이렇게 억지로 나를 끌고 가다가는 다른 이들처럼 우울증이나 공황장애가 올 수 있다는 생각이 들었고, 그러지 않는 게 신기했다. 그래서 두 번째 공황이 세게 왔을 때 결국 이렇게 되나 보다 싶었다.

병원에서 이런저런 검사를 받고 약을 먹은 후, 삶은 달라질 수밖에 없었다. 일을 많이 할 수 없고, 예전만큼 돌아다닐 수 없었다. 손에 힘이 안 들어가고, 몸이 축 늘어지는 것 같을 때가 많았다. 소파에 누워 있으면 무리하고 애써봐야 이렇게 되는구나 싶었다. 그동안 쉬지 않았던 시간을 한꺼번에 회수당하는 기분이었달까.

일을 줄이고 늘어져 있다 보니 보였다. 새벽의 어둠이 얼

마나 깊고, 오후의 햇살이 얼마나 눈부시고 따스한지. 아무
것도 하지 않고 음악만 들으니 음악은 더 깊게 들렸다. 세상
에는 나를 걱정해주는 고마운 사람들이 참 많았다. 그리고
내가 얼마나 나를 아끼지 않고 몰아붙이기만 했는지 새삼스
럽게 깨달았다. 글을 잘 쓰고, 일을 잘하고, 다른 이들에게
좋은 평가를 받고, 세상을 바꾸는 일만이 인생의 전부가 아
니었다. 내가 건강하고 행복한 게 그만큼 중요했다. 잠시만
걸음을 멈추면 세상에는 빛나고 아름다운 게 많았는데, 돌
진만 하는 나는 좀처럼 보지 못했다. 보려 하지 않았다.

　그리고 안 되는 건 인정해야 했다. 없는 능력이 갑자기 생
기지 않았고, 안절부절 못하고 노심초사한다고 안 될 일이
되지는 않았다. 지나간 일은 돌이킬 수 없고, 안 맞는 사람과
떠나간 사람을 붙잡을 수는 없었다. 세상이 변하기 위해서
는 시간이 필요했고, 나는 나를 좀 더 아끼고 달래줘야 했다.
이런 생각을 하면서 2022년 새해를 맞았다. 여행을 다녀왔
고, 자주 쉬었고, 향을 피워둔 채 생각에 잠기곤 했다.

　사실 고작 한두 달 아프고, 지금은 많이 나아졌지만 지금
의 나는 예전과는 아주 조금이나마 달라진 것 같다. 더 이상
악착같이 살거나 아등바등하고 싶지 않다. 물론 계속 읽고

듣고 쓰면서 성실하게 살겠지만, 마음먹은 대로 안 된다고 실망하거나 좌절하는 일은 줄어들 것 같다. 이제는 되면 되고, 안 되면 마는 거라고 생각하려 한다. 때로 대충 살고 허송세월한다고 크게 달라질 것도 없었다. 사실 살면서 하고 싶은 일은 대부분 해봤다. 책도 냈고, 쓰고 싶은 매체에 글을 써봤다. 이만하면 완전히 실패한 인생은 아니다. 그러니 일이 오면 하고, 안 와도 한결같이 살아가고 싶다.

다른 사람의 평가와 반응에 연연하는 마음도 조금 더 내려놓았다. 아직 아쉽고 서운한 마음이 완전히 사라지지 않았지만, 내 마음의 평화를 해치면서까지 전전긍긍하고 싶지 않다. 싫은 사람에게는 싫은 티도 내면서 살고 싶다. 당장 이루어지지 않는 일, 언제 이루어질지 모르는 일을 꿈꾸며 좌절하고 자신을 괴롭히는 대신, 지금 할 수 있는 일을 하고 지금 곁에 있는 이들과 사이좋게 지내고 싶다. 유명해지지 못하고, 만인의 존경과 사랑을 받지 못하더라도 나를 미워하지 않고 싶다. 가만히 누워 있는 순간 찾아오는 고요와 평화, 맛있는 빵을 먹는 순간의 기쁨처럼 오늘 가능한 소소한 기쁨에 더 자주 만족하고 감사하고 싶다.

내년이면 쉰이 된다. 나이가 절대적인 것은 아니겠지만,

앞으로 맞이할 50대의 삶은 지금까지 살았던 속도와 마음으로 살 수 없기 때문에, 그러지 마라고 공황으로 경고한 게 아닌가 싶다. 이제는 속도를 줄이고, 길고 오래 자주 즐겁게 살아가라고 아픈 게 아닌가 싶다.

사실 책의 원고를 더 다듬고 싶었지만 몸이 아파 도저히 그럴 수 없었다. 그래서 이쯤에서 멈추고 내놓는다. 아쉽고 부끄러울 뿐이다. 아직도 이런 이야기를 책으로 묶어도 되나 싶고, 알몸으로 세상으로 걸어 나가는 듯한 기분을 감출 수 없다. 무엇보다 감동적인 추천사를 보내준 김성우 선생님, 장혜영 의원에게 깊이 감사드린다. 책을 함께 만든 출판 노동자들에게도 고마움을 전한다. 이제 이 이야기는 내 손을 떠난다. 늘 곁에 있는 사랑하는 가족과, 이 책을 사고 읽는 모든 분이 한없이 고맙다. 모두의 평화를 빈다. 아프지 마시기를.

차례

들어가며 / 4

1
●
음악

우리에겐 늘 박수가 필요하다

좋은 작품의 조건을 물으신다면 / 19

예술가의 삶과 행복 / 27

노래가 세상을 바꾸려면 / 35

나를 울린 음악 / 40

슬픔이 너의 가슴에 / 48

나의 비지엠(BGM) / 52

그녀의 웃음소리뿐 / 58

평론가로서 속이 상할 때 / 62

영화는 영원히 그곳에 / 68

2
●
생활

당신이 '좋아요'를 누르지 않더라도

다르지만 멋진 사람 / 75

채식의 날들 / 80

내가 너의 손을 잡았다면 / 84

누구나 한번은 어쩔 수 없으니까 / 88

환자의 삶 / 93

당신이 '좋아요'를 누르지 않더라도 / 98

세미나에서 배운 것들 / 105

내일은 모른다 / 115

함께하는 여행 / 122

질투하는 사람 / 129

운동하는 습관 / 136

빵과 나 / 142

가진 게 많은 삶, 모순적인 나 / 150

일 잘하는 사람 / 158

못 이룬 패셔니스타의 꿈 / 163

면 탐식자의 고백 / 167

3

●

삶

그 새벽이 묻는다

나는 가난을 모른다 / 175

도벽의 기억 / 181

어리지만 나빴던 날들 / 184

40년 만의 강진 / 188

누가 나를 글 쓰게 이끌어주었을까 / 193

고향 사투리를 안 쓰는 사람 / 197

내가 만난 역사, 내게 남은 기억 / 203

해바라기의 추억 / 229

나는 어머니의 아들 / 234

무디고 이기적인 나와 50년 살기 / 245

아버지, 아버지 / 251

불타는 적개심 / 257

좌파가 되지 못하더라도 / 266

잊을 수 없는 밤 / 276

나의 인생관 / 281

추천의 글 —— 부끄럽지만 기쁘게 살고 싶어서 / 289

▶ 김성우

—— 서정민갑이 공들여 적어 올린

사(私)적이고 사(史)적인 '기억의 세계' / 294

▶ 장혜영

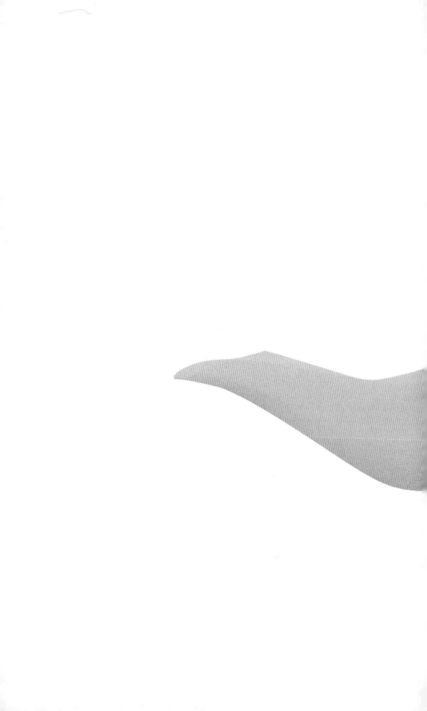

우리에겐 늘 박수가 필요하다

1

음악

좋은 작품의 조건을 물으신다면

음악을 평가하는 일을 하다 보니 어떤 음악이 좋은 음악이냐는 질문을 종종 받는다. 사실 좋은 작품에 대한 나의 기준은 계속 바뀌었다. 아직 평론가가 되지 않을 때부터 막 평론가로 글을 쓰기 시작했을 무렵까지는 사회적으로 의미 있는 기록이나 발언을 하는 작품을 선호했다. 진지하거나 현실 비판적인 작품에 가중치를 주다 보니 가사를 주의 깊게 살피기 마련이었다. 당연히 김민기, 한대수, 한돌, 정태춘, 노래를찾는사람들, 안치환처럼 비판적인 정신을 노래하거나, 조동진이나 시인과 촌장, 이장혁처럼 내면을 성찰하는 작품을 좋은 음악이라고 호평하곤 했다.

하지만 그런 음악만 좋아했을 리 없다. 나는 최호섭의 〈세월이 가면〉을 좋아했고, 김성호가 부른 〈김성호의 회상〉은 들을 때마다 아련해졌다. 노래방에 가면 나미의 〈빙글빙글〉, 임희숙의 〈내 하나의 사랑은 가고〉, 신성우의 〈서시〉, 크라잉넛의 〈말 달리자〉 같은 노래를 목청껏 불렀다. 마이클 잭슨의 〈Billie Jean〉을 들으면 가슴이 요동쳤다. 그러면서도 그런 노래들에 큰 의미를 부여하지 않았다. 개인적으로 좋아할 따름이었다. 개인적인 선호와 음악적인 평가 사이에 선을 긋고 철조망을 친 셈이었다.

그런데 계속 음악을 듣다 보니 생각이 바뀌었다. 심오하거나 통찰이 있는 음악만 좋은 음악이라고 할 순 없었다. 음악의 역사는 그렇게 흘러오지 않았다. 그렇게 생각하면 좋은 음악이 너무 적기도 했다. 내가 좋아하는 노래조차 의리 없이 외면하는 꼴이었다. 무엇보다 음악은 소리의 집합이자 연결이어서, 소리를 잘 연결하는 일이 가장 중요하다. 아무리 좋은 의미를 담더라도 소리로 설득하지 못하면 좋은 음악이 될 수 없다. 음악은 가사만으로 이루어지는 문학이 아니다. 좋은 메시지까지 품었다면 더할 나위 없겠지만 대단한 의미를 담지 않더라도 소리를 잘 연결하면 좋은 음악이 될 수 있다. 요즘 청춘들에게는 낯선 노래이겠지만, "아아 잊으랴 어찌 우리 이날을"이라는 가사로 시작하는 박두진 작사, 김동진 작곡의 〈6·25의 노래〉가 대표적일 것이다. 이 노래는 북한에 대한 적개심 가득한 노래임에도 입에 쩍쩍 붙는 멜로디와 드라마틱한 흐름으로 압도한다.

예전에 내지 못했던 소리를 내는 경우에도 좋은 음악이 될 수 있다. 좋은 음악은 소리 안팎의 의미나 소리 자체로 매료시킬 수 있어야 한다. 내가 노래방에서 부르던 노래들이나, 많은 사람들이 좋아하는 음악은 대부분 소리를 잘 연결한 음악이었다. 한 번 듣고 잊히지 않는 음악, 이유를 알 순 없지만 계속 좋아하게 되는 음악은 음악 자체의 매력이 넘치는 음악이다. 음악적으로 호소력과 설득력이 높은 음악이다. 듣는 사람의 사연이 겹쳤을 수도 있지만, 대체로 좋은 멜로디를 갖고 있고, 적절하거나 매력적인 비트를 품고 있는 음악. 그 음악들은 보컬과 연주 역시 서로를 빛내며 녹아든다. 그중 하나에라도 빠져들 수 있는 음악, 보편적이거나 개성적인 음악이기 마련이다. 세상에는 그런 음악이 한없이 많다. 좋은 음악은 장르를 가리지 않고, 시대와 지역을 따지지 않다.

사실 음악평론가의 귀라고 크게 다를 리 없다. 평론가는 진지하고 개성 있는 음악만 좋아한다고 생각하는 경향이 있는데, 평론가들 역시 많은 이들이 좋아하는 음악을 싫어하지 않는다. 보편적이고 대중적인 음악의 힘은 누구도 무시할 수 없다. 조용필, 이문세, 신승훈, 혹은 아이돌 뮤지션 같은 팝스타를 폄하할 수 없는 이유이다. 그렇다고 '멜론' 차트 1위부터 100위까지의 음악을 모조리 좋아하기는 불가능하다. 멜론 차트에 오른 음악들은 보편적인 매력이 도드라지지만, 음악마다 반짝임의 강도는 다르기 마련이다. 그 반짝임은 음악 안에 있다. 보컬의 음색 안에 있기도 하고, 악기의 톤에 있기도 한다. 노랫말 한 줄이 눈멀게 하기도 한다. 그래서 음악을 듣는 일은 보물찾기 같았다. 어디에 보물이 숨어 있을지 알 수 없었다. 샅샅이 뒤져가며 들어야 했다. 한 번 듣고 다시 들어야 했다. 이전의 음악과 비교하며 듣고, 다른 뮤지션의 음악과 대조하며 들어야 했다.

물론 사람마다 좋아하거나 중요하게 생각하는 부분은 다를 것이다. 좋아하는 장르가 다르고 선호하는 소리의 질감이 다르다. 가중치를 부여하는 지점 역시 제각각이다. 좋은 음악의 기준이 천차만별일 수 있는 이유다. 어떤 사람은 '쿵 자작 쿵짝' 하는 트로트의 리듬만 들어도 신이 나겠지만, 어떤 사람은 그 리듬을 듣기만 해도 몸서리칠지 모른다. 언제 태어났고, 어떤 음악을 들어왔는지에 따라 판단이 다른 건 어쩔 수 없다. 정체성과 지향에 따라서도 배점이 다르지 않을까. 만약 페미니스트라면 여성 뮤지션들의 음악에서 더 많은 가치를 찾아낼 것이고, 록 마니아라면 록 사운드와의 친연성이 음악을 평가하는 기준이 될 가능성이 있다.

하지만 음악을 꾸준히 다양하게 들어왔다면, 특히 현재의 음악적 변화를 주의 깊게 살피며 트렌드를 파악해왔다면 옛날 음악만 최고라고 말하지 않을 것이다. 좋은 음악은 옛날에도 있고 지금도 있다. 자신이 알아차리거나 알아차리지 못할 뿐이다. 자신이 좋아하거나 좋아하지 않을 따름이다. 좋은 음악은 옛날이나 지금이나 음악 안팎의 가치를 품고 계속 말을 건다. 소리의 가치이기도 하고, 삶의 가치이기도 하다. 기술의 가치일 수도 있다. 지금도 수많은 음악들이 외치는 중이다. 그 음악들은 많은 이들이 빨리 알아차릴 수 있는 힘을 가지고 있거나, 소수만 알아차리는 비밀스러운 마력을 품고 유령처럼 어슬렁거린다.

그런데 이제는 어떤 음악이 좋은 음악인지 그 기준이 중요하지 않은 것 같다. 그보다는 음악을 듣는 자신에게 좋은 음악을 알아차릴 수 있는 관점과 감각이 있는지가 더 중요한 시대가 아닐까. 사실 좋은 음악은 좋은 음악이라는 기준을 통과해서 공식적으로 인증받는 음악이 아니다. 검증 과정을 거쳐 증서를 달고 나오는 음악은 어디에도 없다. 자신이 좋아하는 음악, 자신의 취향에 맞는 음악이 다 좋은 음악인 것도 아니다. 물론 그런 음악은 누가 뭐라 해도 당사자에게 좋은 음악이라는 사실을 부정하지 못한다.

다만 개인의 취향이 좋은 작품의 유일한 기준이 되어서는 곤란하지 않을까 하는 생각을 자주 한다. 듣는 사람의 마음을 흔들지 못하는 작품을 좋은 작품이라고 할 수 없겠지만, 그럼에도 좋은 음악은 사람마다 다른 정체성과 감각을 뛰어넘을 수 있는 힘과 가능성을 가지고 있다고 믿기 때문이다. 멜로디일 수도 있고, 리듬일 수도 있고, 소리의 빛깔일 수도 있다. 어쨌든 좋은 음악은 음악의 힘으로 한 사람의 감각과 판단을 뒤흔들고 바꿔준다. 태어나면서부터 지금 좋아하는 음악을 좋아한 사람은 없을 것이다. 몰랐던 음악을 차차 알게 되고, 관심 없던 음악을 좋아하게 되면서 취향이 생기고 감각과 안목이 키워졌을 것이다.

　이제는 스마트폰만 클릭해도 세상의 거의 모든 음악을 다 들을 수 있는 세상이다. 하지만 내가 모르는, 다른 이들에게 좋은 음악을 만나기는 어렵다. 실제로 무수히 많은 좋은 음악을 다양하게 찾아가며 듣는 이들은 극소수다. 유명한 음악, 들어왔던 음악, 좋아했던 음악과 흡사한 음악만 듣는 경우가 더 많다. 인터넷의 추천 알고리즘들도 그렇게 돌아간다. 요즘 우리는 넓고 넓은 세상 한구석에 갇혀 있으면서도 자유롭다고 생각하며 산다. 물론 스마트폰으로 다른 일 하기도 바쁘겠지만 좋은 음악을 만나려면 취향의 울타리를 박차고 나와야 하지 않을까. 이제 나는 좋은 음악의 기준을 묻는 이들에게 자신의 취향을 바꿀 용의가 있는지부터 물어보고 싶다. 여행을 떠나는 이유는 블로그에서 검색한 장면을 똑같이 체험하기 위해서가 아니라 예상하지 않은 세계와 부딪히기 위해서가 아닐까. 사랑도 작가 노희경의 말처럼 언제 누구와 교통사고처럼 부딪힐지 몰라서 신비로운 것 아닌

가. 갑자기 음악과 충돌해 팬이 되는 '덕통사고'가 일어난다

한들 아무도 다치지 않는다. 모두가 행복해질 뿐이다.

예전에는 좋은 음악을 발표했
는데, 그 뒤에는 그러지 못하는 뮤지션이 있다. 왜일까. 좋아
하는 뮤지션의 음악이 예전만 못하게 느껴질 때는 당황스럽
고 아쉬울 뿐 아니라 안타까운 마음까지 든다. 하지만 한번
좋아하게 된 뮤지션은 계속 좋아하기 마련이다. 좋았던 옛
노래는 언제 들어도 좋다. 그래서 들어보라 권하고, 새 음반
이 나오면 꼭 들어본다. 일부러 콘서트에 가기도 한다. 그럼

에도 좀처럼 예전만큼 좋은 음악을 들려주지 못할 경우에는 왜 그럴까, 왜 그럴까 생각하게 된다.

음악을 듣고 글을 쓰는 직업이다 보니 이런저런 음악을 다양하게 듣고, 음악인들의 삶을 조금 더 가까이서 보기도 한다. 사람은 생김새가 다른 것처럼 성격도 습관도 다르다. 기질도 재능도 다르다. 그런데 사람들은 예술이 번득이는 영감과 천부적 재능의 영역이라고들 생각한다. 예술가는 타고나는 사람들만 하는 일이라고 생각하는 이들이 다수이다. 예술은 천재의 신화가 가장 강력하게 작동하는 분야일 것이다. 하지만 좋은 음악을 내놓는 뮤지션들이 모두 천재는 아니다. 음악 활동을 시작하자마자 재능을 드러내고 좋은 곡을 만들어내는 뮤지션이 있는가 하면, 한때 기대를 모았지만 이제는 어디에서 뭘 하고 있는지조차 모르는 뮤지션이 적지 않다. 오히려 처음에는 눈에 띄지 않았지만 차츰 두각을 보인 뮤지션들이 좀 더 많아 보인다.

무엇 때문일까. 송창식의 말처럼 연습과 노력의 차이일까. 연습과 결과는 완전 정비례하는 것일까. 그렇다면 나를 실망시키는 뮤지션들은 제대로 연습하지 않은 것일까. 성공한 뒤 자만하고 게을러져서 연습하지 않거나, 오래 하다 보니 지겹고 귀찮아져서 대충하게 된 것일까. 초심을 잃고 느슨해져버린 것일까. 아니면 생계와 육아 등등으로 제대로 연습하기 어려운 상황인 것일까. 질문은 꼬리에 꼬리를 물고 계속 이어진다.

뮤지션들이 어떤 삶을 사는지, 어떤 고민을 하면서 사는지 아는 게 적기 때문에 단언해 말하기는 어렵다. 사실 누군가의 작품이 좋지 않다면 예술가 자신만큼 고통스러운 사람은 없을 것이다. 모든 이들은 자신의 삶이 가장 무겁다. 옆에서 지켜보는 사람은 모른다. 아무리 노력해도 안 되니 그렇게밖에 못 하는 것이다. 물론 감각이 낡아버려 자신이 듣기에는 좋게만 들릴 수도 있다. 네 작품은 별로라고 아무도 냉정하게 이야기해주지 않을 가능성도 있다.

다만 나이 들어가면서 여러 삶을 만나다 보니 사는 게 뜻대로 되지 않을 때가 많다는 생각을 자주 하게 된다. 더 잘하고 싶고, 계속 잘하고 싶은데, 더 잘하고 계속 잘하는 것은 누구에게도 쉬운 일이 아니었다. 천재처럼 보이는 사람이 있긴 하다. 평생토록 재능이 사라지지 않는 것처럼 보이는 사람도 있다. 하지만 그런 사람은 극히 드물다. 모든 분야에서 1%, 다시 그중 1%에게만 허락된 재능이랄까. 그 사람이라고 아무런 노력도 안 하겠는가. 그 사람도 백조처럼 수면 아래에서 온 힘을 다해 물갈퀴를 휘젓고 있을 것이다. 놀고 먹는데 유지되는 재능은 없다. 예술도 몸으로 하는 일이고, 버텨야 하는 일이다. 머리에서 손과 몸으로 연결하고 실행하는 과정을 수없이 반복해야 몸에 익고 자신의 노하우가 생긴다.

그래서 노력하면 꾸준히 나아진다. 금세 좋아지지는 않는다. 조금씩 조금씩 나아진다. 익숙해지기도 하고 요령이 생기기도 한다. 그렇다고 재능을 타고난 사람을 단숨에 추월하지는 못한다. 내가 아무리 운동을 꾸준히 열심히 한들 희극인 김민경만큼 잘할 리 없다. 한 분야에서 오랫동안 버티기 위해서는 노력이 중요하지만 노력만으로는 부족하다. 재능을 타고 나기도 해야 하고, 운도 따라야 한다. 안 되는 시간, 안 풀리는 시간을 견디기도 해야 한다. 지금 당장 되지 않더라도 견디면서 노력할 수 있어야 한다. 때로는 쉬기도 하고 멈추기도 했다가 다시 돌아오는 여유도 필요하다. 여유를 가질 수 있는 물적 토대를 무시할 수 없다. '금수저', '흙수저' 이야기가 괜히 나오는 게 아니다.

계속하기 위해서는, 계속 노력하기 위해서는, 그럴 만한 이유와 더 잘하고 싶다는 열망이 필수이다. 생계를 유지하기 위해서건, 인기를 얻고 싶어서건, 좋은 작품을 만들고 싶어서건 자신을 움직이게 하는 동력이 없으면 몸이 움직이지 않는다.

더 이상 좋은 작품을 써내지 못하는 예술가들은 이 모든 것을 이미 경험했기 때문에 하고 싶은 게 없고, 어떤 것도 간절하지 않을지 모른다. 재능과 운을 다 써버린 것일 수도 있다. 사실 계속 노력하는 일은, 계속 쓰고 만들고 고치는 일은 얼마나 고단한 일인지. 유명해지고 찬사를 받고 돈을 벌면 즐겁지만, 어떤 작품도 미리 완성도와 흥행을 낙관하기 어렵다. 작품을 만드는 일은 어떻게 될지 모르는 미래의 불안을 견디는 피곤하고 지루한 반복이거나, 끝없는 조율과 설득의 연속이다. 몸이 피곤하진 않더라도 정신적으로 편안할 수 없다. 자신을 계속 퍼내고 짓눌러 짜내야 한다. 바닥까지 박박 긁어내야 한다. 그러곤 다시 채우는 일을 반복해야 한다. 누가 시키지 않아도 같은 과정을 되풀이하면서 동일한 밀도의 열정을 계속 쏟아붓기란 쉬운 일이 아니다. 나이가 들면 체력이 떨어지고 기억력도 희미해진다. 똑같은 일을 하는데도 더 많은 에너지가 필요하다. 그래서 이 모든 과정이 힘들고 지겨울 수 있다.

이미 해본 일이고, 경험적으로 어떤 결과가 생길지 알고 있다면 어떤 일도 흥미롭지 않을 수 있지 않을까. 일이기 때문에, 먹고살아야 하기 때문에 하긴 하지만, 예전처럼 목숨 걸고 하지 않을 가능성도 얼마든지 있다. 지위와 명망을 획득했다면 더더욱 그럴 것이다. 이만하면 되었지, 더 누리고 싶지 않은 사람도 있을 테니까. 항심을 유지하기는 쉬운 일이 아니다.

이 또한 사람이기 때문일 것이다. 나이 들어서 좋은 작품을 내놓지 못하는 예술가들을 보면서 실망하고, 나는 저렇게 살지 말아야겠다고 다짐하곤 했는데, 한결같이 살기는 어려웠다. 건강에 문제가 생기기도 하고, 뜻대로 되지 않는 작품과 주변의 반응에 지칠 때도 많았다. 가난이 발목을 잡고, 불운이 주저앉히는 경우도 허다했다. 이보다 더 잘할 수는 없다고 자신의 한계를 확인할 때는 부끄러워 하소연하기도 힘들었다. 잘하고 싶다고 다 잘하게 되는 게 아니었다. 예전만 못한 예술가들이 모두 대충하는 게 아니었다. 늘 연습하고 혼신의 힘을 다해도 좋은 작품이 나오지 않을 때는 답이 없었다. 스스로 여러 번 좌절하고, 이런저런 상황으로 힘거워하는 예술가들을 계속 보다 보니 생각이 바뀔 수밖에 없었다.

물론 걸작을 만들어내는 일은 중요하다. 더 잘하는 일도 중요하다. 그렇지만 걸작을 만들든 못 만들든 예술가의 삶도 행복해야 하지 않을까. 누군가는 명작을 남길 수 있다면 짧고 굵게 살다 가도 좋다고 생각하겠지만, 좋은 작품을 위해 일상의 모든 행복을 유예하고 평생 자신을 갈아 넣어야 한다면 평생 예술가로 살 수 있는 사람이 얼마나 될까. 커트 코베인은 "천천히 사라지느니 한 번에 타버리는 게 낫다"며 젊은 날 스스로 생을 마감했지만, 세상에는 커트 코베인만큼 호평과 인기를 얻지 못한 채 살아가는 예술가들이 훨씬 많다. 그렇다고 그들의 작품이나 삶이 의미가 없는 것은 아닐 거다.

세상에 존재하는 모든 이들은 어쨌건 자주 행복해야 하지 않을까. 예술가라면 작품을 만드는 일이 행복하거나 작품을 만든 후의 보상으로 행복해져야 하지 않을까. 어느 쪽에서도 행복하지 못한 일을 계속해야 할 이유는 없다. 스스로 행복해지기 위한 선택을 비난할 권리는 아무에게도 없다.

연습이 중요한 것은 지치고 심드렁해지는 순간 때문일지

모른다. 걸작을 만들고 명공연을 선보일 생각은 없더라도 예전보다 훨씬 못한 결과물은 내놓지 않기 위해, 스스로 부끄럽지 않은 수준을 유지하기 위해 계속 연습해야 하는 것 아닐까. 그리고 매 순간 모든 것이 다 가능한 삶은 없으니 지금 자신이 어디까지 해낼 수 있는지 알게 되는 일도 중요하지 않을까. 지금은 못하더라도 계속 그쪽을 바라보며 꿈꾸고 도전하다 보면 언젠가는 문이 열릴지 모른다. 아니 더 좋은 작품, 계속 좋은 작품을 만들지는 못하더라도 날마다 연습하고 애쓰며 살다 보면 덜 지루하고 더 재미있는 삶을 살 수 있지 않을까.

꿈을 품고 날마다 걸어가는 일, 애쓰는 사람들과 애쓰다 지친 사람들을 위로하고 응원하는 일, 그것이 우리가 할 수 있는 최선일 것이다. 우리에겐 늘 박수가 필요하다.

노래가 세상을 바꾸려면

　　　　　　　　　　현실을 기록해 되새기고 꿈꾸
게 만드는 작품은 많을수록 좋다고 생각한다. 그래서 현실
비판적인 노래, 그중에서도 민중가요를 유독 좋아하고 가치
를 부여하는 편이다. 항상 레이더를 열어두고 거울 같은 작
품이 출현하는지 탐지한다. 다행히 이제는 '꽃다지', '노래를
찾는 사람들', 안치환 외에도 많은 뮤지션들이 오늘을 기록
하고 위로하고 꿈꾸게 한다. 사회 현실을 품은 노래가 많아

졌을 뿐 아니라 다양해졌다. "엄마, 세상이 커졌다는데 어떤 죽음만은 간편해요/ 난 셋의 딸의 엄마가 믿고 맡길 만한 세상을 바라요"(제이클래프, <mama, see>) 같은 노래는 더 이상 놀랍지 않다. 그런데도 현실이 쉽사리 달라지지 않는 것처럼 보인다면 무엇 때문일까.

옛날에는 좋은 작품이 많았는데, 지금은 문제적 작품을 써내는 예술가가 없다고 비판할 생각은 없다. 이제 우리의 질문은 다른 쪽으로 향할 필요가 있다. 어쩌면 우리는 그동안 노래에 너무 많은 의미를 부여한 게 아닐까. 〈아침 이슬〉이나 〈We Shall Overcome〉 같은 노래가 세상을 바꿨다 하지만, 정말로 노래가 세상을 바꾸었을까.

몰랐던 삶을 알고 더 많은 이들이 더 깊이 공감하기 위해서는 예술 작품이 중요한 역할을 하는 건 분명하다. 『난장이가 쏘아올린 작은 공』이나 『82년생 김지영』 같은 예술 작품의 역할이다. 하지만 예술 작품을 보고 듣고 읽는 행위만으로 세상이 바뀌지 않는다. 노래가 세상을 바꾼다지만 노래만으로 세상이 바뀐 적은 없다. 노래가 세상을 바꾸는 것처럼 보인 건 사람들이 함께 모여 노래를 불렀기 때문이다. 집에서 혼자 부른 게 아니다. 광장으로 나와 함께 노래 부르면서 광장보다 더 큰 광장을 열었다. 역사의 광장을 만들어 함께 외치고 함께 싸웠다. 노래처럼 살기 위해 모이고 조직하고 돈을 내고 행동했다. 그 결과 세상이 바뀐 것이다. 노래는 그 순간 곁에 있었을 뿐이다. 물론 그때 노래가 없었다면 적막했을 것이다. 심심했을 것이다. 더 우렁찬 목소리를 내지 못했을 것이다. 사람들이 모인다는 사실의 무게가, 노래처럼 살려고 했던 마음의 결기가, 노래를 부르는 것 이상으로 중하다는 것을 부정할 수 없다. 선후를 바꾸면 안 될 일이다.

그런데 언젠가부터 선후가 바뀌어버렸다. 요즘에는 현실을 기록하고 위로하고 비판하는 작품을 보고 듣고 읽는 것으로 우리의 행동을 마무리해버리는 게 아닐까 싶을 정도다. 그것이 더 근사하고 수준 높다고 생각하는 게 아닌가 싶다. 많은 이들이 거리에 나와 싸우려 하지 않고 우아하고 아름답게만 싸우려는 것 같다는 의심. 노래와 함께 싸우는 게 아니라 노래만으로 세상을 바꾸려고 하는 것처럼 보일 때가 너무 많다.

다른 방식으로 질문해보자. 좋은 예술 작품을 접하며 형성된 우리의 인식과 공감은 충분한 행동으로 이어지고 있을까. 지금 부족한 것은 작품일까, 행동일까. 코로나 팬데믹 때문일 수도 있고, 진보정당 운동이 지지부진하기 때문이기도 하겠지만, 요즘은 사회운동조차 감상과 공감 밖으로 나가지 않는 것 같은 모양새다. 그래서인지 활동가들의 말보다 예술가들의 말에 더 힘이 실린다. 그냥 하는 집회는 구태의연하고 문화제가 더 멋진 집회라고 생각하는 경향과 연결된다. 나는 예술가의 편에 서려 노력하고, 예술을 도구로 사용하는 경향에 한사코 반대하지만, 역으로 문화가 모든 것을 압도하는 경향에는 동의할 수 없다. 물론 의미 있는 작품을 감상하고 '좋아요'를 누르고 공유하는 것은 중요한 일이다. 그 순간부터 변화가 시작된다고 할 수 있을 정도다. 하지만 이런 행동만으로 지배계급이 벌벌 떨 리 없다. 이제는 체 게바라 같은 혁명의 아이콘마저 광고로 활용하는 시대가 아닌가. 자본주의는 뭐든 거침없이 빨아들이고 집어삼켜버린다.

한 번 더 질문해보면 어떨까. 이렇게 막강한 자본주의 체제에서 자꾸 예술에만 기대도 될까. 이제는 우리의 행동이 바뀌어야 하지 않을까. 누군가는 더 많은 이들과 함께 할 수 있는 대중적인 운동을 해야 하고, 예술가 역시 계속 의미 있는 작품을 써내야겠지만, 누군가는 더 급진적인 방식으로 세상을 뒤흔들어야 하지 않을까. 금기를 깨고 경계를 무너뜨리는 역할은 예술만 할 수 있는 게 아니지 않나. 지금 기후 환란 상황에서도 환경생태운동이 잘되지 않는 것은 운동을 하다가 감옥에 가는 사람이 없기 때문이라는 한 활동가의 말이 잊히지 않는다. 법 안에서 하는 안전한 운동이 운동의 전부여서는 곤란하지 않을까. 노래만 듣다 집으로 돌아가서는 곤란하지 않을까. 집에서 노래만 듣고 있으면 안 되지 않을까. 그들만의 세상에 노래처럼 날아가 돌주먹 같은 결정타를 내리꽂는 방법은 뭘까.

나를 울린 음악

　　세 번쯤이었을 것이다. 음악을 들으며 세 번쯤 펑펑 울었을 것이다. 영화나 텔레비전 드라마, 다큐멘터리를 보면서는 숱하게 눈물을 흘렸다. 반면 음악을 들으며 운 경험은 드물다. 음악을 듣는 게 일이어서일까. 아니면 음악은 5분 내외 길이라 눈물을 흘릴 만큼 감정을 끌어올리지 못했던 것일까.

　아니, 여기까지밖에 쓰지 않았는데 더 많은 눈물이 떠오른다. 그 눈물을 잊었냐고, 그때 흐르던 음악을 잊었냐고 눈을 흘긴다. 나는 더 많이 울었다. 숨길 수가 없다. 가장 많이 울린 음반은 이소라의《눈썹달》이다. 2004년에 출시된 이 음반은 매번 이별 후의 비지엠(BGM)이었다. 누군가와 헤어지면 습관처럼 들었다. 이 음반을 틀어두고 우는 게 일이었다.

지질하고 비겁했던 30대를 이소라의 노래로 자위하며 버텼다. 〈Tears〉부터 〈시시콜콜한 이야기〉까지 12곡의 노래를 듣는 동안 터진 눈물샘은 마르지 않았다. 특히 두 번째 곡 〈Midnightblue〉와 네 번째 곡 〈이제 그만〉을 들을 때는 눈물을 참는 방법조차 잊어버렸다. "한동안 난 말을 잃었네/ 모든 말이 다 낯설어졌네/ 기억들은 허물어지고/ 진심마저 길을 잃었네"라는 〈Midnightblue〉의 전주와 노랫말은 나의 눈물 스위치였다. "길었던 슬픈 날이 지나고/ 요즘은 그대도 날 잊고 사나요/ 이럴 거라면 이렇게 될 거라면/ 처음부터 만나지 말걸 그랬네요" 같은 〈이제 그만〉의 노랫말은 나를 위해 준비한 최루액 같았다. 이소라의 처연한 목소리는 실연의 상실감으로 허덕이는 나를 슬픔의 바다, 그 심연으로 밀어 넣고 실종되게 만들었다.

나의 연애가 노래만큼 간절했을 리 없다. 나는 다정하지도 사려 깊지도 못하고, 지고지순하지도 않은 사람. 그래서 헤어졌을 것이다. 그래서 차였을 것이다. 나 때문이라는 것을, 내 탓이라는 것을 부정할 수 없기 때문에 더 힘들었다. 그런 나를 견디는 일은 나에게도 지옥 같았다. 노래처럼 사랑했다면 덜 울었을까. 하지만 《눈썹달》 음반은 아무런 충고도 지청구도 하지 않고 옆에 있었다. 덕분에 음반을 플레이하기만 하면 음악 안으로 도망가 숨을 수 있었다. 번번이 연애를 망가뜨려버린 자신을 연민하며 마음껏 눈물 흘릴 수 있었다. 음악이 흐르는 동안 어떤 친구 앞에서도 흘리지 못하는 눈물을 원 없이 흘렸다. 어떤 상대에게도 보내지 못한 편지를 허공에 수없이 썼다 지웠다. 이 과정을 반복하고 나서야 새로운 사람을 만날 수 있었다. 부끄러운 이야기지만 《눈썹달》 음반을 수없이 꺼내 들은 후에야 결혼에 이를 수 있었다.

부끄럽기만 한 이야기를 고백했으니 다른 눈물을 이야기해도 되지 않을까. 가장 최근의 눈물은 2016년 겨울부터 다음 해까지 이어진 서울 광화문 촛불집회 때였다. 몇 번째 집회였을까. 세월호 참사 유가족들이 무대에 올라 노래를 부른 날이었다. 그들이 선택한 노래는 부활의 〈Never Ending

Story〉. 왜 이 노래를 부를까 싶었는데, "그리워하면 언젠간 만나게 되는/ 어느 영화와 같은 일들이 이뤄져가기를/ 힘겨위한 날에 너를 지킬 수 없었던/ 아름다운 시절 속에 머문 그대이기에"라는 노랫말이 흐를 때, 무대 옆에서 지켜보던 스태프와 활동가들 중에 울지 않은 사람이 없었다. 이 노래가 이렇게 세월호 참사의 유가족들 마음 같을 줄 몰랐다. 잘 만든 사랑 노래라고만 생각했는데, 〈Never Ending Story〉의 노랫말은 무너진 세월호 유가족들의 목소리 같았다. 노래라는 것이, 음악이라는 것이 간절한 마음을 대신할 수 있고, 많은 이들을 연결할 수 있으며, 계획하지 않더라도 우연처럼 다가와 사로잡을 수 있다는 것을 그 때 비로소 깨달았다.

또 다른 경험은 2014년 EBS 'SPACE 공감'에 조덕배의 공연을 보러 갔을 때였다. 조덕배는 무대 위에 오르자마자 〈나의 옛날이야기〉를 불렀다. 노래와 동시에 눈물이 흐르기 시작하더니 노래가 끝날 때까지 멈추지 않았다. 눈물이 줄줄 흘렀다. 이상한 일이었다. 이 노래를 좋아하긴 하지만 이 정도는 아니었다. 그렇게 감정을 폭발시키는 노래도 아니었다. 반가워서였을까. 오랜만에 듣는 게 좋아서였을까. 지금도 이유를 모르겠다. 분명한 건 조덕배를 오래도록 좋아했다는 사실이다. 1985년에 〈나의 옛날이야기〉를 듣고 조덕배의 노래가 〈꿈에〉, 〈슬픈 노래는 부르지 않을 거야〉, 〈그대 내 맘에 들어오면은〉, 〈왜 세상은〉으로 이어질 때, 그의 노래를 카세트테이프에 녹음해서 듣고 카세트테이프를 사서 들었다. 콘서트를 보러 가기도 했다. 노래방에서도 자주 불렀다. 조덕배의 목소리도 이소라만큼 구슬프다. 늘 우수 어린 쓸쓸하고 아련한 목소리. 그 목소리로 애수 가득한 노래를 부를 때, 스무 살도 되지 않은 소년은 송두리째 사로잡혔다.

사실 조덕배 음악의 매력은 보컬만이 아니다. 세련된 팝 편곡과 강렬한 멜로디를 동반한 음악은 웰메이드 그 자체다. 그래서인지 조덕배의 음악을 좋아하는 이들이 많았다. 조덕배 이야기를 하자면 한국 성인 음악의 계보에 대해 더 풀어보아도 좋겠지만, 개인적으로는 사춘기 시절 꽂힌 음악이 얼마나 오래 가는지 이야기하고 싶다. 조덕배와 함께 듣곤 했던 들국화, 이문세, 이광조, 한영애의 노래를 평생 듣고 있기 때문이다. 들을 때마다 그 노래를 처음 들었던 시절로 돌아간다. 노래를 들었던 시간들을 떠올리게 된다. 조덕배의 노래를 들으며 눈물이 터진 것도 그래서가 아니었을까. 30년 이상 듣고 좋아한 노래는 인생의 노래다. 아니 인생이다.

노래를 들으며 눈물샘이 터졌던 또 다른 경험도 다르지 않다. 2012년 지산밸리록페스티벌에서 들었던 들국화의 라이브다. 그해 지산밸리록페스티벌에는 라디오헤드가 왕림했다. 들국화의 공연이 끝난 뒤 라디오헤드의 공연을 시작하는 타임테이블이었다. 역대 한국 대중음악 페스티벌 사상 가장 많은 3만 명 이상의 인파가 라디오헤드를 보겠다고 지산으로 몰려왔다. 대부분이 종일 메인 무대에 꼼짝 않고 죽치고 앉아 라디오헤드의 공연을 기다렸다. 하지만 나에게 중요한 건 라디오헤드가 아니었다. 내게 음악의 감동을 처음 알려준 뮤지션이 들국화와 이문세였기 때문이다. 게다가 이날 들국화의 공연은 전인권, 주찬권, 최성원이 함께였다. 세상을 떠나버린 허성욱과 초대 베이시스트 조덕환은 없었지만 원년 멤버의 꿈같은 재결합이었다. 무엇보다 들국화의 카리스마를 대표하는 전인권이 다시 노래한다는 소식만으로 두근거렸다. 끊이지 않는 마약 사건으로 추락했던 그가 어떤 목소리를 들려줄지는 알 수 없었다. 실망할 각오를 하고 공연을 기다렸다.

이윽고 멤버들이 무대에 올라 〈그것만이 내 세상〉을 먼저 불렀던가. 아, 그 목소리였다. 그 사운드였다. 중학생 소년을 단숨에 반하게 해버렸던 카랑카랑하고 야성적인 보컬이 25년여의 시간이 흐른 뒤에 그때처럼 울려 퍼졌다. 1991년 대학교 1학년 시절 대학로 소극장에서 라이브를 보았을 때, 그리고 2009년 노무현 대통령 추모 공연에서 무대감독으로 옆에서 들었을 때와는 비교할 수 없는 목소리였다. 그 순간은 2012년이 아니었다. 나는 40대의 성인이 아니었다. 삐딱한 십 대 소년이었다. 날마다 들국화의 노래를 듣던 청소년이었다. 노래를 듣는데 자꾸 눈물이 나왔다. 우는 건 나만이 아니었다. 옆에서 함께 보던 부인님이 주위를 둘러보더니 다들 울고 있다고 알려주었다. 같은 마음이었을 것이다. 같은 시간을 보냈기 때문이었을 것이다. 들국화의 노래는 1980년대를 보낸 모든 청춘의 노래였다. 그 가운데 들국화의 노래에 더 많이 사로잡혔던 이들 몇몇은 옛집을 찾아가듯 지산으로 향했을 것이다. 넋을 놓고 노래를 들었을 것이다.

조덕배의 노래처럼 들국화의 노래 역시 삶의 순간순간마다 깃들었다. 위로가 되기도 했고 격정이 되기도 했으며 부끄러움이 되기도 했다. 청소년 시절의 추억이자 그리움이고, 세상을 바라보는 시선과 태도를 만들기도 했던 노래를, 수십 년이 흐른 뒤에 다시 듣는다면 어떻게 젖어 들지 않을 수 있을까. 변함없이 그 노래를 부르는 뮤지션을 사랑하지 않을 수 있을까.

눈물이 감동의 유일한 증거는 아니다. 눈물이 가장 순수한 표현이라고 생각할 만큼 어리지도 않다. 나를 뒤흔든 노래 역시 무수히 많다. 나를 만들고 구성한 노래들. 오래도록 울컥하게 했던 노래들, 살아온 날들을 돌아보게 하는 노래들. 이따금 그 노래를 꺼내 듣고 싶다. 그리운 이들과 어리고 미숙했던 나를 잊지 않고 싶다. 노래 앞에서 지금 나는 다르다고 시치미 떼지 않을 것이다.

슬픔이 너의 가슴에

어떤 목소리를 좋아하는지 생각해본 적이 있다. 세상 수많은 보컬 중에서 특히 나를 매료시킨 목소리를 적어본다. 박인희, 시와, 예람, 이동원, 이소라, 이장혁, 전인권, 장필순, 장현, 정차식, 조덕배, 한영애가 첫 줄에 적힌다. 그리고 김광석, 김현식, 루시드폴, 안치환, 양희은, 이문세, 임희숙이 따라온다.

한곳에 모아보니 알겠다. 나이, 장르, 성별은 다르지만 대부분 슬픈 목소리로 노래한다. 우수 어린 목소리들이다.

나는 슬픈 노래가 좋다. 장조보다 단조의 노래가 빨리 다가오고 오래 머문다. 신나는 노래를 일부러 거부하지는 않는다. 록이나 일렉트로닉, K팝의 격하고 신나는 음악도 사랑한다. 춤을 못 춰서 그렇지 내적 댄스는 하루도 멈춘 날이 없다. 그럼에도 박인희의 하늘하늘한 목소리나 이장혁의 시린 목소리를 들으면 금세 마음에 바람이 분다.

이것이 나의 취향일 것이다. 일부러 슬픈 목소리를 좋아하려 노력하지 않았다. 내가 어떤 사람이 될 줄 몰랐듯 어떤 목소리를 사랑하게 될지 몰랐다. 분명한 것은 이 노래들이 밀려왔을 때, 내 마음이 노래를 꽈악 붙잡았다는 사실이다. 내 안에 슬픔이 많았던 걸까. 서러운 게 많았을까. 그다지 힘들게 살아온 것도 아닌데 쓸쓸한 목소리가 들려오면 금세 울 것 같은 기분에 휩싸이는 것은 왜일까. 영원한 것은 슬픔뿐이라는 증거일까.

혼자였던 밤마다 얼마나 자주 저 목소리들을 듣곤 했는지. 사랑하는 사람과 함께 들어도 저 목소리들은 번번이 나를 외롭게 했다. 쓸쓸하고 적막하던 시절로 돌아가게 했다. 목소리 하나만으로 만든 음악은 아니다. 하지만 저 목소리가 없었다면 노래마다의 눈물로 물들지 못했을 것이다. 그래서 대체 저들은 어떤 사연이 있었길래 그리 애달픈 음색을 갖게 되었을까 싶기도 했다.

슬픔은 제각각이다. 눈물을 줄줄 흘리며 통곡할 때만이 슬픔은 아니다. 눈물을 꾹꾹 눌러가며 견디는 슬픔도 있다. 슬픔은 상실감이기도 하고 그리움이기도 하다. 막막함도 있고 패배감도 있다. 우울하고 울적한 기분도 슬픔의 일가친척이다. 사랑하는 사람을 잃고 홀로 되었을 때, 상황을 돌이켜보려 하지만 돌이킬 수 없을 때, 그 상황을 만든 것이 자신이라는 것을 알게 되었을 때 슬픔은 배가 된다. 세월 앞에서, 나와는 다른 존재 앞에서, 운명이라는 무게 앞에서 할 수 있는 일이 없을 때 사람은 무력해진다. 그때는 잠시라도 슬픔으로 대피하기 마련이다.

슬픈 노래를 부를 때 비로소 사무치는 목소리들은 늘 나를 달래고 위로해주었다. 슬픈 노래가 흐를 때 가장 편안했다. 기억을 되새기며 듣고, 미미한 상처를 후벼 파며 들었던 노래들은 슬픔을 외면하지 않게 해주었다. 그때마다 내게 없는 것이 무엇인지 알았다. 내게 결핍되어 있거나 상실한 것, 그렇다고 믿고 싶어 하는 것이 무엇인지 깨달았다. 저 목소리들을 수도 없이 들은 후에야 내가 받아들이고 인정해야 하는 것들 앞에서 겨우 무릎을 꿇을 수 있었다. 진작 알고 있으면 좋았을 것들을 뒤늦게 깨닫기 위해 슬픈 노래들을 듣고 또 들은 셈이었다. 먼 훗날 내 뼈를 태우면 소금처럼 허연 슬픔이 맺힐까. 그 위로 바람 같은 노래가 스쳐 갈까.

나의 비지엠 BGM

일을 할 때, 책상 앞에서 뭔가 할 때는 항상 음악을 틀어둔다. 직업이 직업이니만큼 가능한 한 많은 음악을 들어야 하기 때문이다. 하루 종일 음악을 들어도 못 들은 음악이 너무 많다. 예전 음반 중에도 못 들은 음반이 수두룩하다. 날마다 3000곡 이상의 새 음악이 나오는 세상에는 들을 음악이 끝없이 이어진다. 한국음악만 듣는 게 아니다. 영미권의 음악까지 챙겨 들으려면 24시간이 모자랄 지경이다. 그래서 어지간하면 하루 종일 음악을 켜둔다.

그런데 글을 쓸 때는 아무 음악이나 틀어둘 수 없다. 가사가 들리는 음악은 정신을 산만하게 하는 탓이다. 특정 주제로 글을 써야 하는데, 노랫말이 들리면 생각이 노랫말을 따라 가버리는 통에 글에 집중할 수 없다. 그래서 글 쓸 때 한국어 가사 노래는 금지. 한국 뮤지션이 노래를 부르더라도 영어로 부르면 괜찮다. 하지만 랩은 국적 불문 정신을 헝클어버릴 때가 많다. 집중해 글을 써야 할 때는 랩도 제외다.

글을 쓸 때 선호하는 음악은 연주음악이다. 재즈나 일렉트로닉 음악을 틀어두고 일할 때가 많다. 재즈는 연주음악의 비중이 높고 다채롭다. 신나고 격한 비밥도 좋지만, 쿨재즈나 아방가르드 재즈, 뉴에이지, 크로스오버 음악이 더 잘 맞는다. 서정적인 음악, 마음을 고요하게 하고 침잠하게 하는 음악이 가장 훌륭한 비지엠(BGM)이다. 마음을 처연하고 쓸쓸하게 하는 음악을 들으면 유전에서 석유를 빨아올리듯 밑바닥부터 감정이 올라온다. 그럴 땐 감정이 충만해져 취한 듯 쓸 수 있다. 물론 감정이 충만해진다고 좋은 글이 나오는 건 아니다. 오히려 감정이 과잉된 글이 될 위험도 있지만,

그럼에도 멜랑콜리한 음악이 흐를 때 가장 작두를 잘 탈 수 있을 것 같은 기분에 휩싸인다. 일렉트로닉 음악 중에서는 앰비언트 음악이 제격이다. 백색소음에 가깝거나 우주의 기운을 전하는 것 같은 음악이 흐르면 무아지경으로 쓸 수 있을 것만 같다. 단순하고 강렬한 멜로디와 비트를 반복하는 일렉트로닉 댄스음악도 에너지를 펑펑 터트리게 해준다.

그렇다고 좋아하는 음악만 들으면서 글을 쓸 수 있을 만큼 여유롭지는 못하다. 실제로는 최신 음악 중에 들어야 할 음악이 너무 많다 보니 그 음악을 듣고 치우기 급급하다. 한국음악은 싱글이든 음반이든 무조건 두 번은 듣는 게 원칙이라 더더욱 시간이 없다. 하루에 열 장 이상의 신보를 들어도 다음 날이면 다시 그만큼의 신보가 쌓인다. 어쩔 수 없이 2021년부터는 해외 음악을 듣는 빈도를 줄였다. 그런데도 바이브와 애플뮤직에는 듣지 않은 음반 수백 장이 보채고 있다. 음악 평론을 하는 동료들이나 음악 팬들이 좋아하는 음반은 여러 번 듣는다고 할 때마다 신기하고 부러울 정도다. 이제는 음반 단위로 음악을 듣지 않고 싱글 단위로 듣는 추세이지만, 음악 글을 쓰는 나는 그러면 안 될 것 같아 무조건 음반 단위로 듣고 싱글도 다 챙겨 듣는다. 당연히 음악을 듣는 데 시간이 더 많이 걸린다. 요즘에는 좋은 싱글을 묶어 놓은 플레이리스트들이 많지만 나에게는 무용지물일 뿐 아니라 관심 밖이다. 이것이 음악 팬과 평론가의 차이일까. 아니면 옛날 음악 팬의 불필요한 고집일까.

50대가 머지않은 나는 록, 재즈, 포크를 더 좋아하는 편이다. 그 장르를 가장 오래 들어왔고, 그 장르의 미감이 내게 잘 맞는다. 하지만 현재의 대중음악은 이 장르만으로 구성되지 않는다. 오히려 이 세 장르는 갈수록 변방으로 내몰리는 형편이다. 그래서 다른 장르의 음악도 꾸준히 듣는다. 지금 다른 장르에서는 어떤 사운드와 메시지가 등장하는지 알아야 한다. 음악평론가라면 현재의 음악 트렌드를 두루 이해하고 있어야 하고, 그 트렌드를 감각적으로 수용해 즐길 수 있어야 한다고 생각하기 때문이다. 왜 이런 음악이 나오고 인기를 끄는지 논리적으로 분석하는 일은 늘 중요하지만, 수많은 음악의 감각이 자신에게 온전히 스며들 수 있도록 감각의 촉수를 갈고닦아 어떤 음악과도 통할 수 있도록 만드는 일이 더 중요하다고 생각한다. 내가 생각하는 전문가는 취향을 뛰어넘는 안목과 감을 가지고 있는 사람이다. 최소한 자신이 집중하는 장르에 대해서는 과거의 걸작이 만

들어낸 성취에서 멈춰 있으면 안 된다. 현재의 변화를 꾸준히 파악해 시시각각 달라지는 음악의 감각에 자신을 근접시킬 수 있어야 한다.

쉬운 일이 아니다. 사람은 늙고 세상은 빨리 변한다. 부지런히 따라가려 해도 무릎이 시릴 때가 있다. 그래서 최근의 화제작이나 히트작을 아무리 들어도 좋아지지 않으면 그때는 이 일을 그만둬야겠다고 다짐했다. 다행히 아직 뒤처지고 낙오될 정도는 아니다. 그래서 계속 듣는다. 닥치는 대로 듣는다. 인기를 얻으면 듣고, 다른 이들이 좋다고 하면 일단 듣는다. 뭐가 좋은 걸까 생각하며 듣고, 왜 이 음악을 좋아할까 생각하며 듣는다. 음악 안에 답이 있다. 듣다 보면 알게 된다. 음악마다 어떤 매력이 있는지 알게 될 뿐 아니라, 잘 몰랐던 음악의 매력에 뒤늦게 빠져들기도 한다. '알앤비(R&B)', 일렉트로닉, 힙합과는 그렇게 친해졌다. 계속 알짱대고 노크하니 겨우 문을 열고 들어오라고 허락해준 느낌. 이렇게 가리지 않고 듣다 보면 내가 어떤 음악에 공감하지 못하는지, 늙은 나와 지금 젊은 사람들의 감각이 어디에서 어긋나는지 어렴풋이 알게 된다. 그래서 더더욱 가리지 않고 듣는다. 이것이 내가 음악을 듣는 방법이다. 세상의 모든 음악이 다 나의 비지엠(BGM)이다.

그녀의 웃음소리뿐

"어느 지나간 날에 오늘이 생각날까/ 그대 웃으며 큰 소리로 내
게 물었지/ 그날을 지나가고 아무 기억도 없이/ 그저 그대의 웃
음소리뿐."

명함 뒤에 노래 가사를 적어두었다. 이문세의 〈그녀의 웃
음소리뿐〉 2절이다.

이 노래를 처음 들은 날이 언제였을까. 1987년 3월에 발

표한 음반은 모든 곡이 히트하면서 이문세를 대표하는 불후의 명반이 되었다. 그즈음 이 노래가 담긴 음반을 처음부터 끝까지 들었거나, 라디오에서 이 노래만 여러 번 듣지 않았을까. 당시로서는 유례없이 긴 곡이었다. 남성 코러스가 나오는 후렴 연출도 특이했다. 작사, 작곡을 맡은 이영훈의 시적인 노랫말과 아련한 멜로디가 빛나는 노래는 금세 마음을 빼앗았다.

그 후 30년 이상 이 노래를 들었다. 음반으로 듣기도 했고, 유튜브로 듣기도 했다. 라이브로도 보았다. 시간이 흐르면서 노래는 더 쓸쓸하고 아릿해졌다. "하늘은 맑아 있고/ 햇살은 따스한데/ 담배 연기는 한숨 되어" 흐르는 날들이 많았던 탓이다. "그대와 같이 걷던 그 길가"에 혼자 있을 때면 이 노래가 생각나곤 했다. 사랑했던 이라고 과거형으로 표현하게 된 사람들 때문만은 아니었다. 만났던 기억은 남아 있는데 무슨 말을 했는지 떠오르지 않는 사람들이 많았다. 언제든 다시 만나 추억을 이야기할 수 없게 된 사람이 이렇게 많아질 줄 몰랐다. 나도 찾지 않고 상대도 찾지 않는 관계들이 셀 수조차 없어졌을 때, "그날은 지나가고 아무 기억도 없이/ 그저 그대의 웃음소리뿐"이라는 노랫말은 이따금 쓰라렸다. 이것이 인생이었다. 인생은 끝없는 만남과 이별로 채워졌다. 영원한 것은 없었다. 기쁨도 사라지고 추억도 사라졌다. 무엇 하나 영원하지 않은 세상을 마주치며 낡은 존재가 되어갈 때마다 길을 잃은 어린이처럼 어리둥절한 나는 혼자 울음보를 터트리고 싶은 기분으로 이 노래를 들었다. 인생을 모르고 잘못 살아온 것 같은 사람에게도 노래가 필요했다.

일렉트릭 기타로 테마를 찌르듯 연주하면서 시작하는 노래가 드럼을 만나 천천히 펼쳐지고 이문세의 노래가 담배 연기처럼 퍼질 때면, 수많은 이름과 얼굴을 다시 만난다. 내가 이렇게 가끔씩 자신의 이름을 부르는 것을 알고 있을까. 그들 역시 가끔씩 나의 이름을 부를까. 알 수 없었다. 부끄러운 일이 많고 자존감이 낮은 나는 어떤 것도 확신할 수 없었다. 그리움은 미안함과 섞이며 묵직해지기만 했다. "어떤 의미도 어떤 미소도 세월이 흩어 가는" 걸 알고 있었다면 그렇게 헤어지지 않았을 사람들이 너무 많았다. 이영훈 역시 그런 이별이 많았던 것일까. 하지만 이제는 이영훈에게 묻는 일도 불가능하다.

그래도 나는 2019년 봄 '현대카드 언더스테이지'에서 조촐하게 열린 이문세의 공연이 끝났을 때, 이 노랫말을 새긴 명함을 이문세에게 전할 수 있었다. 그날 이문세는 공연이 끝난 뒤 공연장 입구로 나와 관객들을 배웅하겠다고 했다. 다행히 명함을 가지고 있었다. 쭈뼛거리며 명함의 뒷면을 보여드리곤 명함을 전했지만 이 노래가 나에게 얼마나 오래고 깊게 스며들었는지에 대해서는 말하지 못했다. 이문세가 내 명함을 가지고 있을 리도 없을 것이다. 다만 그 정도면 충분하다. 가끔 인생은 기적 같은 찰나의 선물을 안겨준다. 한 번쯤 만나고 싶은 사람을 만나게 되기도 하고, 그리웠던 사람을 우연히 다시 만나기도 한다. 어느 지나간 날에 다시 생각날 오늘.

평론가로서 속이 상할 때

글을 못 쓸 때가 있다. 그럴 땐 속이 상한다. 글을 못 쓴다는 건 두 가지 의미다. 쓰고 싶은 글이 있는데 기회가 안 생긴다는 것, 그리고 글을 쓸 기회가 생겼는데 마음에 드는 글이 안 나온다는 것.

그 글은 나도 쓸 수 있을 것 같은데, 내가 더 잘 쓸 수 있을 것 같은데, 다른 사람에게 기회가 돌아갈 때마다 속상했다. 나를 모르거나, 내가 예전에 쓴 글이 마음에 들지 않았거나,

담당자의 판단이 달랐거나 나름의 이유가 있을 텐데, 왜 나에게 원고를 청탁하지 않는지 서운했다. 가장 유명한 필자, 가장 먼저 믿고 맡기는 필자가 되지 못하는 자신에게 화가 났다. 뻔한 이야기만 늘어놓은 글을 볼 때면 내가 아니더라도 왜 이 글을 가장 잘 쓸 수 있는 사람에게 부탁하지 않는지 답답했다. 사실은 질투한 것이다. 글 쓸 기회가 있는 이들을 부러워하고, 그들이 받을 원고료와 권위를 샘낸 것이다.

질투는 내가 쓸 수 있는 영역에 국한되지 않았다. 아예 쓸 수 없는 영역의 글들도 속상하기는 마찬가지였다. 왜 나는 저걸 몰라서 아무 말도 할 수 없을까 싶었다. 나로서는 쓸 수 없는 스타일로 쓰는 사람, 그래서 인기를 누리는 사람은 더 부러웠다. 뭐든 다 잘하고 싶은데 나는 다재다능한 사람이 아니었다. 사실 나는 못하는 건 아예 시도조차 하지 않는 편이었음에도 부러운 마음까지 억누르지는 못했다.

그래도 못하는 영역의 일은 단념하고 돌아설 수 있었다. 하지만 내가 쓸 수 있을 것 같아 쓰기 시작했는데 마음에 드는 글이 안 나올 때는 답답할 뿐 아니라 부끄러웠다. 대중음악의견가로 활동하며 글을 쓰는 이상, 부끄럽지 않은 글을 쓰고 싶었다. 떳떳하고 뿌듯한 글만 쓰고 싶었다. 그렇지만 어떤 글도 쉽지 않았다. 음악 안으로 더 파고 들어가고 싶은데, 나는 뮤지션만큼 음악을 알지 못했다. 뮤지션의 마음과 생각 속으로 잠입하고 싶은데 나는 둔하고 무지했다. 음악을 음악 밖의 세상과 연결하는 일에도 서툴렀다. 인문사회과학 책과 미학 관련 책들을 꾸준히 읽어도 별 도움이 되지 않았다. 나는 마르크스주의 비평도, 구조주의 비평도, 정신분석 비평도 하지 못했다. 장르를 가리지 않고 닥치는 대로 음악을 들어도 모르겠기는 매한가지였다. 음악을 나만의 관점으로 해석하지 못했고, 음악 안에서 새로운 이야기를 찾아내지 못했다. 음악계의 흐름도 잘 몰라 다른 이들이 쓴 글을 보면서 뒤늦게 배운 일이 한두 번이 아니다. 번번이 뮤지션들이 펼쳐놓은 이야기를 겨우 수박 겉핥기로 따라가면서 감상적으로 반응하는 일이 고작이었다. 게다가 나의 글은 항상 감정이 넘쳐 과하고 무거운 표현으로 점철되기 일쑤였다. 그래서 시간이 흐른 뒤 다시 읽어보면 늘 한숨이 나왔다.

왜 이렇게 무딘가 싶었다. 왜 이리 명민하지 못한가 싶었다. 왜 이리 과잉으로 중언부언하나 싶었다. 마감을 지킨다는 것 말고는 장점을 찾을 수 없는 글만 써내면서 좌절하고, 소셜미디어에서 내 글의 단점을 조롱하는 글들을 열심히 찾아 읽으며 다시 좌절했다. 매끈하게 쓴 동료들의 글이나 내가 발견하지 못한 이야기를 찾아낸 글을 읽을 때에도 낙담했다. 글을 쓰는 날들은 실의와 좌절의 연속이었다.

　그래도 계속 글을 쓴 건 잘하고 싶었기 때문일 것이다. 이것 말고는 하고 싶은 일이 없었기 때문이었을 것이다. 사실은 계속 써야만 먹고살 수 있기 때문 아니었을까. 할 수만 있다면 지금까지 써낸 글 말고 애써 음악을 만든 뮤지션들의 노력과 정성을 정확하게 알아차리는 글을 쓰고 싶었다. 그들조차 모르는 의미를 찾아낼 수 있다면 얼마나 좋았을까. 음악 팬들이 내 글을 읽고 음악과 가까워질 수 있기를 바라는 마음도 컸다. 나의 글을 통해 다른 방식으로 들을 수 있게 되면 가장 좋고, 그렇지 못하면 글을 읽는 재미라도 있기를 바랐다. 이 부분의 문장이 좋다고 밑줄을 그으면서 읽으면 좋겠다고 생각했다.

　하지만 바람은 좀처럼 실현되지 못했다. 음악 비평글을 소셜미디어에 올려도 좋아하는 빵집 리스트를 올릴 때만큼 리트위트되지 않았다. 4권의 책을 선보였지만 그만그만한 반응을 얻다가 순식간에 잊혔다. 나는 그때마다 무심히 넘기는 대범하고 낙관적인 사람이 아니었다. 책을 낼 때마다 한껏 부풀어 올랐다가 금세 김빠진 풍선처럼 쭈글쭈글해지는 기분이었다. 다만 같은 결과가 되풀이되면서 익숙해졌고 나를 잘 알게 되었다. 사람들의 냉정한 반응마저 못 알아차리는 바보는 아니었다. 아주 가끔 좋은 반응이 돌아오면 기분이 좋아지고 힘이 났지만, 그런 일은 드물었다. 그리고 낙차가 큰 삶을 사는 건 피곤했다.

나만의 글을 쓰든 쓰지 못하든, 그래서 좋은 반응을 얻든 아무런 반응을 얻지 못하든 일단 써야 했다. 일이 끊어지거나 건강이 상하지 않는 한 써야 했다. 쓸 수 있다는 사실에 감사하며 써야 했다. 오늘 쓰는 글로 어제 쓴 글을 잊어야 했다. 마감을 어기지 않고 써야 했다. 하고 싶은 말을 숨기지 않고 써야 했다. 눈치 보지 않고 써야 했다. 모르면 모른다고, 생각이 다르면 다르다고 써야 했다.

하지만 나는 종종 눈치를 보았고, 몸을 사렸다. 대세가 된 의견 앞에서 입을 닫기도 했고, 더 싸워야 했던 순간에 뽑은 칼을 내리고 억지웃음을 띄우며 넘어가기도 했다. 그럴 때는 속이 상했지만 어디에 말하지도 못했다. 나는 나의 잘못들 앞에서만 비겁한 게 아니었다. 나는 물러설 곳이 있을 때만 용감한 척했고, 만인의 적 혹은 동네북 앞에서만 칼을 휘둘렀다. 누군가는 그 모습을 다 보았을 것이다. 아니 나의 수가 너무 뻔하고 한심해서 언제부터는 아예 보지 않았을 것이다. 그래도 상관없다고 생각할 만큼 나의 글은 식상하고 조악했을 것이다.

　사실은 이보다 속상한 게 없다. 그래서 날마다 쓰린 마음으로 쓴다. 잊어버렸다가 다시 기억해내면서, 그리고 다시 잊어버리면서. 내일은 덜 속상했으면 좋겠다고 속삭이면서. 이 모든 것을 견뎌야 한다고 다독이면서. 내가 써내는 글이 나의 전부는 아니라고 위로하면서, 이런 나라서 미안하다고 사과하면서. 세상의 어떤 글은 날마다 다시 쓰는 반성문이다.

영화는 영원히 그곳에

공포영화만 빼고 모든 영화를 좋아하는데, 가장 좋아하는 영화를 뽑으라면 언젠가부터 나의 선택은 늘 똑같다. 〈8월의 크리스마스〉와 〈조제, 호랑이 그리고 물고기들〉이다. 〈이웃집 토토로〉, 〈화양연화〉, 〈시티라이트〉, 〈토리노의 말〉, 〈길〉, 〈메트로폴리스〉, 〈페르소나〉, 〈공각기동대〉도 내가 본 영화 가운데 맨 앞에 있지만, 두 영화와는 못 바꾼다.

〈8월의 크리스마스〉는 막 개봉한 1998년 겨울 어머니와 함께 고향 목포의 오래된 극장에서 보았고, 〈조제, 호랑이 그리고 물고기들〉은 2003년 종로의 코아아트홀에서 친구 L과 함께 보았을 것이다. 좋아하는 영화는 여러 번 다시 보는 영화라고 했던가. 사실 나는 같은 영화를 다시 볼 바에야 그 시간에 새로운 영화를 보는 게 낫다고 생각하는 편이다. '왓챠피디아'에 보고 싶다고 정리해둔 영화가 2003편이나 되다 보니 더더욱 그렇다. 그래서 아무리 감동적이었던 영화도 한 번만 보고 만다. 하지만 〈8월의 크리스마스〉와 〈조제, 호랑이 그리고 물고기들〉만은 서너 번씩 보았다. 극장에서 재상영할 때 다시 보기도 했고, 인터넷텔레비전(IPTV)으로도 다시 보았다. OST를 사서 자주 들었고, DVD도 사두었다. 모든 대사를 외울 정도는 아니지만 대부분의 신(scene)을 기억하기엔 충분하다. 이 영화들은 볼 때마다 웃음이 나오고 마음이 짠하다.

　하고 많은 영화 중에 하필 두 영화가 왜 이렇게 좋았을까. 〈8월의 크리스마스〉는 시한부 인생을 살아가는 정원(한석규 분)의 쓸쓸한 모습이 내 모습 같았고, 젊은 다림(심은하 분)의 눈부신 아름다움에 눈이 멀 지경이었다. 유영길 촬영감독의

따스한 촬영과 영화의 자연스러운 호흡도 완벽했다. 뜨겁게 사랑하지 않고, 구슬프게 울지 않고도 오래도록 마음을 아리게 할 수 있다는 것을 이 영화를 보면서 배웠다. 심심하지만 한 장면도 버릴 것 없는 영화는 그 후로 20년 동안 다시 볼 때마다 새로웠다. 나는 늙어가는데 영화 속 심은하와 한석규는 영원히 젊음을 박제했다. 그래서 볼 때마다 탄식이 나왔다. 그들의 젊음에 나의 젊음이 겹쳤고, 그들의 사랑에 나의 옛사랑이 연결되었다. 그들의 이별은 묻어둔 이별의 기억을 호출하곤 했다.

〈조제, 호랑이 그리고 물고기들〉도 마찬가지였다. 쓰네오와 조제(쿠미코)의 사랑과 이별 이야기가 다른 사람 이야기 같지 않았다. 외로워하면서도 자존심을 지키는 조제의 안간힘이 안쓰러웠고, 만나고 설레고 뜨겁게 사랑했지만 식어버린 사랑을 두고 도망치듯 떠나는 쓰네오의 비겁하고 미숙한 모습은 나의 초라한 자화상 같았다. 결국 헤어질 것 같은 예감을 감추지 않은 장면에서는 번번이 눈물이 났다. 미안함과 비겁한 자신에 대한 연민으로 흐느끼던 장면은 늘 사무쳤다. 헤어지고도 다시 꿋꿋하게 살아가는 조제의 단단한 뒷모습도 가슴을 후벼 팠다.

안다. 이 영화들과 나의 지나온 시간을 동일시하는 것은 말도 안 된다는 것을. 나는 정원처럼 다정하거나 사려 깊지 않았고, 쓰네오처럼 잘 생기지 않았다. 그럼에도 이 두 영화들 덕분에 많이 울 수 있었다. 누구에게도 말하지 못했던 비겁함을 곱씹을 수 있었고, 하염없이 쓸쓸하던 시절의 나를 잊지 않을 수 있었다. 볼 때마다 다른 장면이 새롭게 다가오는 영화는 나의 변화를 일러주는 이정표 같다. 날마다 청춘 시절과 멀어지는 내게 두 편의 영화는 그리움과 부끄러움과 참회로 밀려온다. 하지만 이제 곧 청춘의 영화보다 현재가 된 노년의 영화가 더 사무칠 것이다. 그럼에도 이따금 이 영화들을 돌려보며 아득해질 것이다. 어떤 영화는 영원히 그곳에 있다.

당신이 〈좋아요〉를 누르지 않더라도

2

생활

다르지만 멋진 사람

부인님과 나는 다르다. 젠더가 다르고, 나이가 다르다. 삶의 궤적과 성격, 습관, 취향도 다르다. 비슷한 건 음악 취향과 정치적 지향 정도랄까. 결혼한 지 9년이 지난 지금도 우리가 얼마나 다른지 확인하면서 놀랄 때가 많다. 가령 부인님은 좀처럼 눈물을 흘리지 않는다. 종종 눈물을 흘리는 건 내 역할이다. 빵과 디저트에 열광하는 것도 나뿐이다. 텔레비전 리모컨을 맡기면 그분은 계속

채널을 돌려보다가 결국 〈전원일기〉 재방송을 본다. 그분은 〈전원일기〉나 〈응답하라〉, 〈슬기로운 의사생활〉 시리즈처럼 사람을 긴장시키지 않는 드라마를 주로 선택하신다. 집에서 같이 영화를 볼 때도 '15세 이상 관람 가' 영화는 거의 보지 않는다. 조금만 잔인하고 긴장되는 장면이 나오면 자리를 피해버린다.

전라도 출신인 나와 충청도에서 자란 그분의 입맛 역시 다르다. 전라도 음식들은 온갖 재료를 쏟아부어 푸짐하고 휘황찬란한 맛을 내는 경우가 많다. 그런데 부인님은 전라도 음식이 맛있지만 과하다며 부담스러워했다. 전라도 음식에 길들여진 나는 장모님이 담가주신 충청도식 김치를 먹어보고 이게 뭐냐고, 음식은 역시 전라도라고 뽐냈지만, 충청도 김치를 계속 먹어보니 왜 부인님이 전라도 음식을 부담스러워했는지 조금은 알 것 같다. 실제로 충청도 음식은 담백하고 심심한 경우가 대부분인데, 전라도 음식과 우열을 가릴 필요가 없는 매력이 있었다.

그분과 나의 가장 큰 차이를 엠비티아이(MBTI) 식으로 말하면 'J'와 'P'의 차이라고 할 수 있을까. 매사 계획적이고 부지런한 나는 어딜 가든 미리 준비하고 계획을 세운다. 당연히 일을 할 때도 누가 시키지 않아도 날마다 꾸준히 하는 편이다. 그런데 부인님은 일이 목 끝까지 밀려 들어와 도저히 도망갈 수 없을 때에야 일을 한다. 그래서 혼자 알아서 해야 하는 재택근무는 딱 질색이다. 코로나19 팬데믹 시절 재택근무를 해야 했을 때, 자발적으로 일을 하기 싫어 힘들어했던 그분은 새벽에 깨자마자 일을 시작하고 하루 8시간 이상 책상 앞에 앉아 있는 나를 신기해했다. 심지어 대학 새내기 시절 방학 때는 생활계획표를 만들고 날마다 실행 여부를 체크했다는 이야기를 들으면 기절할 정도다. 반면 계획적이고 성실하지만 고지식한 나는 순발력 있고 융통성이 뛰어난 부인님의 성향이면 어땠을까 싶을 때가 많다.

그동안 집 안을 정리하고 배치하는 스타일과 잘못을 지적하고 인정하는 방식이 달라 싸우기도 했다. 아무리 오래 이야기를 해도 어떤 부분은 의견이 좁혀지지 않았고, 스타일이 크게 바뀌지 않았다. 차이를 인정하고 사는 수밖에 없었다. 하지만 부인님에게는 그 모든 차이와 아쉬움을 뒤덮어버리는 귀여움과 사랑스러움이 있다. 부인님은 영특하고 지혜로우며 정확한 사람이다. 상대방을 배려하는 사람이고, 다른 이들에게 피해를 주지 않으려고 엄청 조심하는 사람이다. 다른 이들에게 나누고 베푸는 데 거침이 없는 사람이며, 힘들어도 좀처럼 티를 내지 않는 사람이다. 내가 잘못한 게 있으면 반드시 이야기하는 사람이고, 다정하고 사려 깊은 모습을 계속 보고 배우게 만드는 멋진 사람이다. 내가 지난 10년간 조금이라도 나아졌다면 전적으로 부인님 덕분이다. 무엇보다 그분은 내게는 1도 없는 유머 감각이 있다. 둘만 아는 애교로 나를 설레게 하고, 찰랑거리는 유머 감각으로 나를 웃게 할 때마다 나는 세상에서 가장 행복한 사람이된다.

콩깍지가 아직 벗겨지지 않은 탓일까. 항상 이불을 걷어차면서 자는 그분의 이불을 덮어줄 때마다 나는 부인님의 이불을 덮어주기 위해 세상에 왔나 싶다. 아침에 잠이 깬 그분이 기상 신호처럼 방귀를 뀔 때면 더할 나위 없이 행복하다. 시시콜콜 쓸데없는 이야기를 계속 늘어놓고, 서로의 등을 긁어주면서 우리는 함께 늙어간다. 부인님의 흰머리가 계속 늘어가는 걸 보고, 언젠가는 우리가 헤어져야 한다고 생각만 해도 마음이 미어진다. 다시 태어나면 울산바위가 되고 싶다는 그분 옆에서 나는 너무 멀지 않은 곳에 뿌리내린 나무였으면 좋겠다. 이따금 나뭇잎을 떨구고 바람을 흘

려 이야기 나누며 살았으면 좋겠다. 그때는 서로를 알아보
는 데 너무 긴 시간이 걸리지 않았으면 좋겠다.

채식의 날들

한동안 채식을 했다. 5년가량 채식을 하다 2013년 무렵 중단했다. 나의 채식은 육고기를 먹지 않는 채식이었다. 대신 생선과 우유, 달걀은 먹었으니 '페스코(pesco)'라고 할 수 있을 채식주의자였다. 사실은 면 음식을 좋아해서 채식 생활 후반기에는 냉면과 자장면을 종종 먹었다. 그게 뭐냐고 비난해도 어쩔 수 없다. 이 정도의 예외를 두지 않으면 계속할 수 없을 것 같았다.

그만큼 채식은 쉽지 않았다. 고기를 끊는 게 어렵지는 않았다. 날마다 고기를 먹지도 않았고, 고기를 엄청나게 좋아하지 않았기 때문에 단칼에 끊을 수 있었다. 문제는 밖에서 식사할 때였다. 2000년대 말이었던 당시에는 지금보다 채식 식당과 비건 메뉴가 적었다. 식당에서 파는 음식들 대부분은 고기가 들어가거나 고기가 핵심이었다. 김치찌개를 먹을 수 없었고, 비빔밥을 고를 수 없었다. 짬뽕도 못 먹었다. 피자나 라면도 마찬가지였다. 선택할 수 있는 건 된장찌개나 생선 요리뿐이었다. 어쩔 수 없이 밖에서 먹는 메뉴가 뻔해졌다. 채식을 하면서 살이 빠졌다면 고기를 안 먹어서가 아니라 비슷비슷한 음식에 물려서가 아니었을까.

집에서 밥을 먹을 때도 선택의 폭이 좁기는 마찬가지였다. 한동안 두부를 먹기도 했고, 생선을 구워서 먹기도 했다. 하지만 요리에 시간을 쓰지 않다 보니 뻔한 음식들만 반복적으로 먹게 되었다. 채식을 지속하려면 직접 요리를 해야 했고, 요리하는 데 시간과 공을 많이 들여야 했다. 부지런하지 않으면 채식을 지속할 수 없었다. 여러모로 여유가 없었던 나는 어머니가 보내주신 몇 개의 반찬으로 돌려 막기를 하며 버텼다. 그 결과 먹는 즐거움이 확연하게 줄어들었다.

두부나 생선을 먹고, 견과류를 챙겨 먹었음에도 영양균형이 무너졌는지 겨울이면 손마디가 갈라지고 피가 났다. 이 증상은 채식을 중단하고 고기를 먹기 시작했더니 금세 멈춰 나를 쓴웃음 짓게 했다.

그럼에도 오래도록 채식을 할 수 있었던 이유는 육식이 환경을 파괴한다는 사실 때문이었다. 고기를 공급하기 위해 콩 사료를 만들다 보니 계속 숲을 베어내고 있다는 사실은 충격적이었다. 고기를 많이 먹을수록 더 많은 나무를 잘라야 하고 숲의 다양성도 망가진다 하니 고기를 먹으면 안 될 것 같았다. 닭, 돼지, 소를 키우는 방식도 문제였다. 좁은 우리 안에 가둬놔 옴짝달싹 못 한 채 먹이만 먹다가 적당한 크기가 되면 금세 죽임을 당하는 삶은 처참했다. 인간의 삶을 위해 다른 생명체를 이렇게 함부로 키우고 죽여도 되나 싶었다. 그래서 채식을 시작했다.

단번에 채식을 시작하지는 못했다. 주변에서 채식을 하는 이들을 보면서 자극받고, 『녹색평론』을 읽으면서 채식의 의미를 깨닫고 나서도 한참 뒤에 시작한 채식이었다. 채식을 하려다 일주일 만에 중단하기도 했다. 작심하고 다시 채식을 시작했을 때, 어머니가 만들어주신 먹음직한 수육을 보면서 군침 삼키던 일은 잊을 수 없다. 나 때문에 아무 식당에나 갈 수 없어 식당을 골라야 했던 사람들에게 미안했던 일은 허다하다. 다행히 식물도 먹으면 안 되는 것 아니냐고 묻는 사람은 별로 없었다. 그럭저럭 몇 가지 음식만 반복해 먹으면서 5년을 견디긴 했다. 하지만 단조로운 식단에 질리고, 겨울이면 갈라져 피 나는 손가락이 아려 채식을 중단했다. 그리고 이제는 고기를 곧잘 먹는다. 삼겹살을 먹고, 치킨을 주문한다. 살치살을 좋아하고, 순대를 사랑한다.

하지만 채식을 하던 시절의 문제의식을 다 잊지는 않았다. 기후위기가 일상화된 지금이야말로 채식을 해야 할 때. 언젠가는 돌아가야 한다. 함께 살기 위해 다시 나의 삶을 바꾸어야 한다. 채식 복귀를 너무 미루지 않기를.

내가 너의 손을 잡았다면

고양이보다 개를 좋아한다. 고양이는 주인 말을 잘 안 듣고, 머리가 나쁜 것 같아서랄까. 내게 고양이는 멋대로 움직이는 자유인, 길들이기 힘든 바람 같은 존재이다. 물론 개냥이 같은 고양이도 있다. 두어 번 '개냥이'를 만나 집사의 삶을 살아야 하나 고민하기도 했다. 하지만 내 앞에서 벌러덩 드러누워 교태를 부리는 길냥이의 손을 잡지는 못했다. 좋아서 헤벌쭉 벌어진 입을 다물지 못하고, 서둘러 사료를 대령하긴 했지만 날리는 털을 감당할 자신이 없었다. 그래서 오며 가며 반갑게 만나는 정도로 만족하기로 했다.

하지만 인연이 내 뜻대로만 흘러가지는 않았다. 어느 날 출근하던 부인님이 집 앞 골목길에서 어린 고양이를 보았다고 했다. 너무 작은 고양이라 걱정된다고 했다. 나가 보니 아직 한 살도 안 된, 주먹만 한 고양이였다. 아기고양이가 있는 곳은 주택가 골목길이었지만 행여 차에 치일까 봐 빌라 옆 빈 공간으로 옮겨두었다. 먹은 게 없을까 싶어 참치 캔을 까서 앞에 놓아주고 돌아왔다.

그런데 집에 들어와서도 일이 손에 잡히지 않았다. 참치 캔을 먹긴 하는지, 어린 고양이라 무슨 일이 일어나진 않을지 자꾸만 걱정이 되었다. 다시 나가 보니 아기 고양이는 골목길 한가운데로 옮겨져 있었다. 지나가던 할머니가 걱정된다고 길로 옮겨두었다는데, 그러다 차에 치이면 어쩌려고 그러나 싶어 화가 났다.

아무래도 집에 데리고 들어와야 할 거 같았다. 고양이를 잘 아는 뮤지션 S와 친구 L에게 물어보니 근처에 어미 고양이가 있을 수도 있다 했다. 그래서 아기 고양이를 원위치에

두고 지켜보는데 아무도 나타나지 않았다. 얼른 아기 고양이를 품고 돌아왔다. 서둘러 종이 상자에 수건을 깔고 고양이를 모셨다. 페이스북에 소식을 올렸더니, 지인들이 '좋아요'를 누르고 이번 기회에 고양이를 키우라고 난리였다. 하지만 나는 마음의 준비가 되어 있지 않았다. 아기 고양이는 이런 내 맘을 아는지 모르는지 상자에서 나와 어디론가 숨어버렸다. 고양이는 잘 숨는다고, 낯선 환경에서는 더 그렇다고 했다. 넓지도 않은 집 어디에 숨었는지 좀처럼 보이지 않는데, 어디선가 희미한 고양이 울음소리가 나는 게 신기했다. 고양이는 도도한 새침데기라 모르는 척하는 게 낫다고 해서 신경 안 쓰는 척했지만, 책상 앞에 앉아서도 귀는 온통 고양이 쪽으로 향했다. 아니 온몸이 귀가 된 것 같았다.

다음 날 아침에도 고양이는 좀처럼 보이지 않았다. 어디선가 가느다란 울음소리로 자신의 존재를 증명할 뿐이었다. 그때 내가 가져다준 물을 마셨는지, 고양이 사료를 먹었는지 기억이 나지 않는다. 다만 잊을 수 없는 순간이 찾아왔다. 하룻밤을 자고 난 다음 날이었는지, 이틀 밤을 자고 난 날이었는지 모르겠다. 시간은 한낮이었을까. 여전히 온몸이 귀가 되어 있던 내가 거실에 벌러덩 드러누웠을 때, 고양이가 천천히 걸어와 내 두 다리 사이에 엎드렸다. 드디어 내 곁으로 온 거였다. 그 순간 첫 키스를 한 것처럼 찌릿찌릿했다. 계속 누워 아무렇지 않은 척 시치미를 뗐지만 마음은 둥실둥실 떠다니고 있었다.

아기 고양이가 더 가까이 다가왔다면, 내가 둥실둥실 떠다닌 시간이 좀 더 길었다면 나는 아기 고양이의 손을 잡을 수 있었을까. 고양이가 마음을 살짝 열어준 통에 정신을 차릴 수 없을 지경이었지만, 나는 끝내 고양이 털과 오줌에 대한 부담감을 버리지 못했다. 결국 아기 고양이는 뮤지션 S의 품에 안겼다. 내가 고양이의 검사 비용을 다 낸 다음, 우리는 동물병원에서 헤어졌다. 안 되겠다고, 다른 이에게 맡겨야겠다고 마음먹으면서 찔끔 눈물이 났다. 만약 내가 두려움과 부담감을 뛰어넘어 집사의 길을 감당했다면 어떤 세상을 만나게 되었을까. 지금까지 나는 고양이 같은 인연을 숱하게 놓치고, 다른 세상을 만날 기회를 붙잡지 못한 채 살아왔던 것은 아닐까. 오늘도 여기저기서 고양이들이 갸르릉 하는 소리가 들려온다.

누구나 한번은 어쩔 수 없으니까

며칠 전 아침에 출근하시는 부인님을 배웅하려고 창문을 열었는데, 건너편 집 앞 공터에서 바지를 내리고 쭈그려 앉았다 일어나는, 60대 이상으로 추정되는 남자를 보고 말았다. 빤히 보면서도 믿을 수 없을 만큼 황당했다. 우리 동네는 분명 주택가였고, 공터 앞 골목길에는 사람들이 꽤 오고 가는 편이었기 때문이다. 그날 그 작은 공터에는 소형차가 주차되어 있었는데, 그분은 차 뒤에서 바지를 내리고 쭈그려 앉았다 일어서는 모습을 들키고 만 것이었다. 그 모습을 본 건 나 혼자만이 아니었다. 집을 나서던 부인님은 그분이 엉거주춤 일어서는 순간 눈이 마주치고 말았다. 그 순간에는 누구라도 배뇨를 했을 거라고 짐작하지 않을 수 없었다. 그렇지 않고서야 반바지를 허벅지까지 내리고 쭈그려 앉았다가 일어날 이유가 있을까.

그 순간 한국 남자 혹은 나이 드신 분들은 이렇게 막무가내구나 싶었다. 살면서 노상방뇨 하는 성인 남성을 한 번 이상 보지 않은 사람은 없을 것이다. 이렇게 이야기하면 누군가는 노상방뇨 하는 여성을 보았다고 이야기할지 모른다. 그런데 신체 구조상 여성이 노상방뇨를 하려면 몸을 더 많이 드러내야 하고, 아닌 척하기도 어려워서인지 여성이 노상방뇨를 하는 모습을 보기는 어려운 편이다. 반면 남성들은 자신의 성기를 노출하면서도 부끄러워하지 않는 편이지 않나. 그래서 나와 부인님은 그분을 숱하게 보았던 '노상방뇨남'의 일원으로 치부했다. 이 이야기를 페이스북에 올렸더니 노상방뇨남을 목격했던 불쾌한 경험 이야기가 이어졌다.

그런데 그날 오후에 나가면서 그분이 쭈그려 앉았다 일어났던 범행 현장을 현장검증 하듯 살펴보았는데, 아무것도 없었다. 내심 똥 덩어리를 볼 수도 있겠다고 각오했는데, 웬걸 똥은커녕 오줌 냄새조차 나지 않았다. 부인님과 나는 혼란에 빠졌다. 누군가 그 흔적을 후다닥 치운 것일까. 하지만 그날 부인님도 찬찬히 생각해보니 별다른 냄새를 맡지는 못했다고 증언했다. 그렇다면 그분은 그 순간 무엇을 하고 있었던 걸까. 강렬한 장운동의 압박을 느끼고 주저앉았는데 실패한 것일까, 아니면 외계인과 접촉이라도 하고 있었던 걸까.

사실을 확인하기 위해 그분과 인터뷰를 할 수는 없는 일이었다. 현장검증을 할 수도 없었다. 그날 이후로도 아침이면 골목길 앞 건물 계단에 앉아 있곤 하시는 그분에게 그때, 대체 무슨 일이 있었는지 물어보고 싶은 마음이 굴뚝같았지만 그저 눈길을 피하는 게 최선이었다. 분명한 건 그분이 피치 못할 사정으로 바지를 내리고 쭈그려 앉았음에도, 결과적으로 공중도덕을 어길 만한 행동을 저지르지는 않았다는 사실이다. 그럼에도 나는 성급하게 그분을 몰상식한 사람들의 대열에 포함시켜버렸다.

그렇다고 그분의 명예가 손상되지는 않았다. 소문이 동네에 좌악 퍼지지도 않았다. 다만 이제는 나의 판단이 성급했을 수 있다고, 내 판단이 틀렸을 수 있다고 생각한다. 세상의 수많은 남자가 아무 때나 고추를 내놓고 오줌을 싸대는 통에 짜증이 났던 적이 많았지만, 이전의 경험이 모든 현재를 다 설명하지는 못한다. 세상에는 내가 알 수 없는 일들이 무궁무진하고, 나의 경험만으로 세상을 해석하려고 하면 남는 것은 편견뿐이다.

그리고 이제는 그분의 입장을 상상해보기도 한다. 아침 산책길에 갑자기 긴급 신호가 왔다. 주변에 상가건물이 있지만 화장실 있는 가게가 문을 열기엔 이른 시간이다. 급하다고 아무 곳이나 들어가 무턱대고 부탁하기는 부끄럽다. 그래서 급한 대로 자동차 뒤에 몸을 가리고 주저앉았는데, 아무리 생각해도 이건 아니다 싶어 몸을 일으켰을 수도 있다. 무언가 나올 것 같았는데 실패했을 수도 있다. 그런데도 나는 손쉽게 그를 염치없는 사람으로 단정해버린 건 아닐까.

시간이 좀 지나고 보니 그분이 그 자리에서 급한 용무를 해결했다 해도 그게 얼마나 큰 잘못일까 싶다. 누구나 한 번쯤은 그렇게 다급한 순간이 있지 않았던가. 누구나 한번은 어쩔 수 없는 순간이 있지 않았던가. 체면이고 뭐고 다 버리지 않을 수 없는 순간 말이다. 어쩌면 그분은 그 순간이 바로 그때였을지 모른다. 내가 그 사람이 아니니 어찌 알겠나. 물론 그 순간에도 기어이 참거나 차라리 본인의 옷에 흘리는 것이 더 양심적이고 어른스러운 행동이었을 것이다. 하지만 세상 모든 일이 다 뜻대로만 되진 않는다. 누구도 정답대로만 살지는 못한다. 누구에게나 도저히 견디지 못하는 순간이 있다. 우리는 누구도 완벽하지 않다. 세상은 그런 사람들이 어울려 사는 곳이다.

누군가의 어쩔 수 없는 순간에 우연처럼 곁에 있게 되었을 때, 우리가 할 수 있는 최선은 무엇일까. 손을 내밀면 잡아주지만, 아무 말 하지 않으면 못 본 척 제 길을 가는 일 아닐까. 그렇다고 우리 동네가 똥과 오줌 천지가 될 리는 없다. 물론 그런 사람을 만나면 분개하고 경찰에 신고해도 좋겠다 싶지만, 나는 아무 일 없었다는 듯 지나가는 사람이 되고 싶다. 소셜미디어에 아무 이야기도 안 쓰는 건 물론이다.

나는 B형간염 만성보균자다.
고지혈증도 있다. 담낭에는 용종도 생겼다. 그래서 3~6개월
마다 검사를 받고, 날마다 만성 B형간염 1차 치료제와 고지
혈증 약을 먹는다.

B형간염 약을 먹기 시작한 지는 거의 10년째. 10여 년 전
간 수치가 높아져 '바라크루드'라는 비싼 약을 먹기 시작했
다. 약만 먹는 게 아니다. 일 년에 한두 번 간암 검사를 위해

피검사와 초음파검사를 받는다. 전날 밤부터 금식을 하고, 아침 일찍 병원에 가서 피를 뽑은 다음, 초음파실에 누워 젤리를 바른 채 검사를 받고 있으면 심란하고 불안해진다. 일 년에 한두 번 생명 연장을 허락받는 느낌이랄까. 이제는 이 사이클에 익숙해졌지만 언제 이 평화가 깨질지 몰라 내심 두렵다. 다행히 계속 약을 먹고 운동을 하면서 술을 멀리 한 덕분에 간은 그다지 나쁘지 않은 상태다. 하지만 최근에는 고지혈증 약을 먹기 시작했고, 조만간 담낭을 제거해야 할 수도 있다. 요즘엔 가끔씩 술을 홀짝거렸는데, 안 된다고 완전히 끊으라는 얘기를 들었다.

간과 콜레스테롤 지수가 안 좋은 건 가족력이다. 아버지는 간경화를 오래 앓다 돌아가셨다. 반면 어머니는 혈압이 안 좋으셔서 약을 많이 드신다. 나는 20대 때부터 종종 병원에 갔다. 역류성식도염은 여러 번 재발했고, 위염을 앓기도 했다. 파열된 무릎관절이 재발해 목발을 짚고 다닌 적도 있다. 젊은 날에는 밥을 자주 거르고 과자로 때운 날이 많았다. 못 마시는 술을 자주 마시기도 했다. 아마 대부분 그렇게 살았을 것이다. 그러다 견디지 못한 몸이 아프고 나서야 의사에게 경고를 받고 약을 먹었을 것이다. 젊었을 때는 아파도

금방 나으니 모든 병을 대수롭지 않게 여겼다.

하지만 나이가 들고 날마다 약을 먹게 되니 건강을 신경 쓰지 않을 수 없었다. 게다가 나는 홀몸이 아니었다. 결혼한 이후에는 건강을 더 신경 써야 했다. 결혼을 하고 부부가 된다는 건 오래도록 함께 서로를 챙기고 지키겠다는 약속이다. 상대를 챙기기 위해서는 자신부터 책임져야 했다. 부부 가운데 한 사람이 아프면 즐겁게 지내지 못하고 행복하기 어렵다. 먹는 걸 조심하고, 병원비가 많이 들어가고, 신경 써야 할 게 많아지기 마련이다. 그런 일이 일어나지 않도록 운동하고, 약을 먹고, 꼬박꼬박 병원에 가서 검사를 받았다.

다행히 아직까지 큰 문제는 없다. 운이 좋은 것이다. 건강은 조심한다고 지켜지는 것이 아니다. 아무리 조심해도 어떤 사람은 아프고, 대충 살아도 어떤 사람은 멀쩡하다. 더 건강했더라면 원 없이 술을 마시며 살았겠지만, 이만한 삶을 이어갈 수 있는 것에도 감사한다. 만약 더 가난했거나 더 옛날에 태어났다면 더 많이 아팠거나 오래 살지 못했을 가능성이 다분하다. 나이 들수록 언제 어디가 어떻게 아플지 알 수 없다. 늙어갈수록 몸이 자주 삐걱댄다. 그때마다 '너도 늙어봐라'는 어른들의 이야기가 떠올라 쓴웃음이 나온다. 건

강염려증 환자처럼 긴장하며 살기도 했다. 20대의 나는 내가 운동을 하고, 식사를 거르지 않고, 술을 거의 마시지 않는 40대, 비타민과 건강보조식품을 챙겨 먹는 중년의 삶을 살게 될 거라고 예상하지 못했다.

건강을 안심할 수 없는 나이가 되어보니 삶은 무겁고도 가벼운 것이었다. 언제든 아플 수 있었다. 누구든 아플 수 있었다. 평균수명이 늘어나긴 했지만 세상 모든 사람이 다 100세까지 살 수 있는 건 아니다. 가는 데는 순서가 없다. 그래서 남아 있는 날이 더 소중하기도 하지만 삶이 덧없어지기도 한다. 사람들이 살아 있는 오늘 행복한 게 최고라고, 더 많이 먹고 마시고 소비하게 된 것도 언제 어떻게 떠날지 모르기 때문 아닐까.

모든 사람은 결국 떠난다. 대부분 언제 떠나는지 알지 못한다. 이 지엄한 숙명을 거부할 수 있는 사람은 아무도 없다. 이 추상같은 단호함 앞에서 누가 무력하지 않고 서글프지 않을 수 있을까. 하지만 그 덕분에 두려움을 알고 작아질 수 있는 게 아닐까. 삶 앞에서 머리를 숙이고 무릎을 꿇을 수 있는 게 아닐까.

젊은 날에는 나이가 많아지면 삶이 뻔해지기만 할 줄 알

앉는데, 그렇지 않았다. 세상에 즐거운 일만 가득하진 않았지만, 세상에는 예쁘고 아름다운 것들이 무척 많았다. 살아 있는 덕분에 볼 수 있었다. 오늘의 나는 어제의 내가 만나지 못한 세상을 만나고 느끼고 배울 수 있었다. 그래서 때때로 지겹고 힘들어도 살아 있는 게 감사하다. 개똥밭에서 굴러도 이승이 낫다는 말이 괜히 나온 게 아닐 것이다. 아침에 숨을 헐떡이며 달리고, 돌아와 좋아하는 빵을 먹고 커피를 내릴 때, 근사한 음악을 듣고 멋진 글을 읽을 때마다 삶은 충만해진다. 사실 나는 날마다 충분히 누리고 있다. 세상 까칠하고 늘상 불만인 것처럼 살지만 나는 이렇게 살 수 있어 자주 고맙다. 그래서 가능하다면 골골대더라도 여든까지는 살 수 있었으면 좋겠다. 날마다 다른 세상을 만나고 감사하면서, 때로는 대충 살기도 했다가 다시 돌아오면서. 이제는 나누고 천천히 즐기면서. 조금이라도 덜 상처주고 덜 후회하며 떠날 수 있기를 바라면서. 이 또한 욕심일지라도.

당신이 '좋아요'를 누르지 않더라도

부끄럽지만 페이스북의 '좋아요'를 신경 쓴다. 누가 '좋아요'를 눌렀는지 살펴보고, 얼마나 많은 사람이 '좋아요'를 눌렀는지 확인한다. 100명 이상 '좋아요'를 눌러주면 기분이 좋아지고 50명 이하면 맥이 빠진다. 사실 페이스북에서 내 글은 반응이 괜찮은 편이다. 페이스북 친구는 오래도록 5000명이었고, 수락하지 못한 친구 신청도 100명 이상 밀려 있었다. '좋아요' 수가 100 이상인 포스팅은 수두룩하다.

그런데도 좀처럼 '좋아요'를 눌러주지 않는 누군가에게
늘 서운한 마음이 있었다. 글을 잘 쓰거나 멋지다고 생각하
는 사람들에게 유독 '좋아요'를 받고 싶었다. 글 쓰는 사람에
게 최고의 칭찬은 동료에게 받는 호평이라고 했던가. 나 역
시 마찬가지였다. 글을 잘 쓰는 사람, 흠모하는 사람이 '좋아
요'를 눌러줄 때 비로소 기뻤다.

나는 인정받으려는 마음이 큰 편이었다. 어렸을 때는 공
부를 잘하는 친구와 친해져 인정받고 싶었고, 청소년 때는
공부를 잘하거나 글을 잘 써서 인정받고 싶었다. 대학 입학
후에는 사람들이 나를 좋아하거나 일을 잘해 인정받기를 열
망했다. 나는 나 자체로 나를 자랑스러워하거나 존중하지
못했다. 있는 그대로의 나를 사랑해본 적이 드물다.

언제부터였을까. 순천에서 태어나 강진에서 국민학교 2학
년 1학기까지 다닐 때까지는 안 그랬던 것 같은데, 목포로
이사하면서부터 나는 작아질 때가 많았다. 가난한 친구들
보다 시내 중심가에 사는 친구들과 더 친하고 싶었던 건 잘
나가는 이들에게 인정받고 싶은 마음 아니었을까. 국민학
교 4학년 때인가는 별로 친하지도 않은 도심 중심가 친구의

생일 파티에 끼고 싶어 억지로 승낙받고 찾아갔다가 친구 어머니가 저 꾀죄죄한 애는 누구냐고 물어봤다는 이야기를 듣기까지 했다.

중학교에 올라가니 매달 시험을 본 다음 상위 성적 50명의 명단을 복도에 붙여놓았다. 그런데 시험을 볼 때마다 등수가 떨어지는 게 조금 비참했다. 사실 천둥벌거숭이 같았던 중학생들 틈바구니에서 버티는 일은 쉽지 않았다. 같은 반 친구들 중에는 고지식한 나를 괴롭히는 이들이 꼭 있었다. 어떤 친구는 놀리면서 괴롭혔고, 어떤 친구는 때리면서 괴롭혔다. 그중 한 친구는 견디다 못한 내가 비겁하게 등 뒤에서 먼저 주먹을 휘둘러 코피를 터트린 뒤에야 괴롭히는 걸 멈췄다. 그런데도 어떤 친구와는 끝까지 싸우지 못했다. 덕분에 고등학교 1학년 때까지도 시달림을 당하는 편이었다. 죽기 살기로 맞서 싸웠으면 될 텐데 나는 어느새 용기 없는 사람이 되어 있었다. 그런 모습을 반 친구들 앞에서 계속 보여주는 내가 더 싫었다.

나를 작아지게 한 것은 성적과 친구들의 괴롭힘만이 아니었다. 공부 잘하는 친구들과 비교하는 어머니 때문에도 작아졌다. 국민학교를 졸업할 무렵 어머니는 공부를 잘하고 잘사는 친구들의 어머니 여러 명과 계 모임을 시작하셨다. 중학교에 올라간 뒤, 한 달에 한 번 계 모임을 다녀오시면 늘 다른 친구들과 비교하는 이야기를 던지셨다. '누구는 몇 등을 했다더라' 같은 이야기를 줄기차게 들었다. 중학교에 입학할 때만 해도 그중 몇몇보다 공부를 잘하기도 했지만, 중학교 입학 이후 계속 떨어진 내 성적은 다시는 전교 10등 안으로 돌아가지 못했다. 샘 많은 어머니는 그게 속상하셨는지 계속 다른 친구들의 이야기를 옮기셨다. 성적이 자꾸 떨어지는 것도 스트레스인데, 엄친아 얘기를 계속 듣는 게 기분 좋을 리 없었다. 우리 집은 그 친구들만큼 부자가 아니었고, 우리 집의 누구도 그들만큼 멋지지 못했다. 어머니 역시 그게 부럽고 샘이 나서 이야기를 하셨던 게 아니었을까. 이제와 생각하면 코딱지만 한 소도시였지만 그 안에도 잘사는 사람들의 커뮤니티가 따로 있었던 거였다. 거기 끼기 어려운 형편이었던 우리 집이 끼어들려니 가랑이가 찢어지는 셈이었다. 형편에 맞는 사람들끼리 어울리거나 형편이 다른 사람들 사이에 끼더라도 비교하지 않았으면 좋았을 텐데, 어머니는 내가 대학에 갈 때까지 비교를 멈추지 않으셨다. 부러워도 혼자 삭이거나, 그래도 우리 아들이 최고라고 말씀

해주셨으면 좋았을 텐데, 그런 이야기를 들어본 기억이 거의 없다. 나 역시 그러려니 하고 넘길 수 있었으면 좋았을 텐데, 이야기를 들을 때마다 어머니와 싸우곤 했다.

고등학교 2학년 때 글쓰기에 재능이 있다는 것을 알게 된 후에는 자신감이 좀 채워졌지만, 대학에 가보니 글을 잘 쓰는 사람은 너무 많았다. 그리고 사람들은 나보다 글을 잘 쓰는 사람, 성격이 좋은 사람, 매력이 있는 사람을 더 좋아하는 것 같았다. 옹졸하고 고지식하며 이기적인 데다 연애에 집착하는 나를 좋아하는 사람은 없었다. 그래서 내내 괴로웠고 외로웠다. 사랑받지 못해 괴로웠고, 잘못한 일들 때문에 괴로웠다. 혼자 쓸쓸해하고 후회하다 잠들기 일쑤였다.

사회에 나와서도 마찬가지였다. 되고 싶은 나는 늘 너무 멀리 있었고, 나는 늘 부족하고 서투르고 나빴다. 그래서 늘 자신을 미워하고 자학했다. 아무리 생각해도 나를 좋아할 수 없었고 용서할 수 없었다. 그랬으니 더 인정과 사랑에 굶주렸을 것이다. 하지만 집착은 늘상 실패로 이어졌다. '집착 →실패→자학'이 되돌이표처럼 반복되는 동안 나는 더더욱 작아졌다. 이렇게 해서는 문제가 풀리지 않는다는 걸 알고 있었지만 수렁에서 빠져나오는 일은 쉽지 않았다.

그럴 때 구명줄처럼 나를 붙잡아준 사람들이 있었다. 일을 맡겨주는 사람, 글이 좋다고 칭찬해주는 사람, 나와의 결혼을 결심해준 사람, 나를 따뜻하게 바라봐주는 사람, 정직하게 잘못을 지적해주는 사람들 덕분에 삶을 멈추지 않을 수 있었다. 나는 다른 사람의 반응 같은 건 아무래도 상관없다고, 그러거나 말거나 괜찮다고 말할 수 있는 사람이 아니었다. 나는 계속 애정과 관심을 갈구하는 사람이었다. 그게 없으면 버틸 수 없는 사람이었다. 나를 좋아하고 응원하는 사람이 아주 없지 않다는 것을 확인하고서야, 내가 완전히 망하지는 않았다고 안심할 수 있었다. 그이들 덕분에 누군가를 만날 때마다 따뜻한 눈길을 받지 못하면 전전긍긍하는 나를 내버려둘 수 있었다. 누군가와 페이스북 친구가 끊기고 연락이 끊어질 때마다 또 나 때문인가 싶어 속앓이하는 시간을 줄일 수 있었다. 그래도 어딘가에는 이런 나라도 내치지 않는 사람들이 있다고 마음을 다독일 수 있었다. 사람을 끌어당기는 매력이 없고 밀어내기만 하는 나를 견딜 수 있었다. 나 자신으로 인해 비참해지는 일을 줄일 수 있었다.

아직도 '좋아요'를 눌러주지 않는 누군가가 서운하긴 하지만, 나를 빼고 모이는 사람들과 내가 좋아하는 만큼 나를 좋아하지 않는 사람들이 이따금 얄밉긴 하지만, 이제는 그러려니 하게 된다. 안 맞는 건 어쩔 수 없다. 다른 사람의 마음을 내가 어찌할 수 없다. 이렇게 생각할 수 있기까지 시간이 정말 많이 걸렸다. 누군가에게는 전혀 어렵지 않은 일이었을 것이다. 그런 사람들은 이런 걸로 속 끓이며 소셜미디어에 징징대는 나를 보며 대체 왜 그러나 싶어 답답하고 속 터졌을 것이다. 하지만 이것이 나고, 나의 속도다. 50여 년 동안 차츰 나아졌으니 앞으로도 느릿느릿 나아지지 않을까. 지금 당장 숱하게 들어서 알고 있는, 관계와 자존감에 대한 정답처럼 생각하거나 행동하지는 못하지만, 언젠가는 나만의 답을 찾아낼지 모른다. 아무도 그 이야기를 듣고 싶지 않다고 해도 괜찮다. 당신이 '좋아요'를 눌러주지 않아도 나는 당신을 좋아한다고 말할 수 있다. 당신이 '좋아요'를 눌러주지 않아도 나는 쓸 만한 사람이라고 말할 수 있다. 나는 자책하고 실망하면서 다시 나를 다독인다. 다독이며 나로 살아간다.

세미나에서 배운 것들

꽤 오래 세미나를 하고 있다. 지
금은 인문사회 공부 모임, 미학예술 공부 모임, 페미니즘 공
부 모임에 참여한다. 이 중 가장 오래된 모임은 인문사회 공
부 모임이다. 2008년 광우병 촛불집회 이후에 시작했으니
13년쯤 되지 않았을까. 미학예술 공부 모임은 2010년 11월
부터 모였고, 하고 있던 페미니즘 공부 모임에 슬쩍 낀 지도
6년쯤 된 것 같다. 그 사이에 인문사회 공부 모임을 하나 더

운영하기도 했고, 대중음악 관련 모임도 오래 진행했다.

공부하는 걸 좋아했다. 아니다. 대학 다닐 때는 공부를 너무 안 해서 성적이 엉망이었다. 학사 경고를 네 번이나 받는 바람에 하마터면 제적당할 뻔했다. 학점이 부족해 학교를 1년이나 더 다니고서야 겨우 졸업했다. 책을 읽는 건 좋아했지만 학과 공부를 좋아하진 않았으니 지적 열망이 있었다고만 해두자. 어쩌면 지적 허세였는지도 모를 일이다.

직업상 책 읽는 게 생활이었지만 일부러 모임을 만든 것은 같이 이야기를 나누고 싶었기 때문이다. 2008년 촛불집회가 흐지부지되고 나니 뭐랄까, 보통 사람들과 세상 이야기를 나눠야 할 것 같았다. 운동권들끼리만 지지고 볶아서는 세상이 달라지지 않을 것 같았다. 소셜미디어에는 운동권이 아니더라도 세상일에 관심 많은 이들이 숱하게 많았다. 그 사람들과 계속 이야기를 나누면서 함께 고민하고 행동하고 싶었다. 계속 좋은 책으로 자극받고 생각의 지평을 확장하는 경험을 가능한 한 많은 이들과 해보고 싶었다. 그런 노력들이 쌓여야 세상이 바뀔 것 같았다. 그래서 무턱대고 당시 즐겨하던 소셜미디어 미투데이에 인문사회 공부 모임을 제안했다. 몇 명이나 올까 싶었는데 오지랖 넓은 멤버가 참여해 다른 이들을 끌고 오면서 멤버가 채워졌고, 금세 한 달에 한 번씩 만나 세미나를 하는 패턴에 익숙해졌다. 다른 모임들도 비슷했다.

　인문사회 공부 모임에서 초창기에 읽은 책들을 뒤져보니 『다시 쓰는 한국현대사 1, 2, 3』, 『사진과 그림으로 보는 한국 현대사』, 『자발적 복종』, 『민중의 세계사』, 『자본주의 역사 바로 알기』, 『신자유주의의 역사와 진실』 같은 역사책부터 시작했다. 그러곤 『자유의 의지 자기 계발의 의지』, 『민주주의』, 『민주화 이후의 민주주의』, 『민주주의를 혁명하라』, 『민중에서 시민으로』, 『그대는 왜 촛불을 끄셨나요』, 『광장의 문화에서 현실의 정치로』, 『정치의 발견』 같은 책으로 달라진 정치 상황을 이해하려고 했다. 『열광하는 스포츠 은폐된 이데올로기』, 『어퍼컷』, 『대중문화의 이해』, 『혁명을 팝니다』 같은 대중문화 관련 책도 읽었다. 『인간의 얼굴을 한 과학』, 『다윈의 식탁』, 『코스모스』, 『부분과 전체』를 읽은 건 과학을 이해하기 위한 노력이었다. 하지만 『네트워크 사회의 도래』와 『정의론』은 어려웠다. 『거대한 전환』, 『그들이 말하지 않는 23가지』, 『세계대공황』, 『환율지식이 돈이다』, 『어게인 쇼크』, 『한국 신자유주의의 기원과 형성』, 『자본주의와 그 적들』, 『아담의 오류』, 『젊은 지성을 위한 케인스의 일반이론』, 『사당동 더하기 25』, 『청소년을 위한 국부론』, 『정치경제학과 과세의 원리에 대하여』, 『자본론 1』을 읽은 건 경제를 이해하기 위한 몸부림이었다. 『경제성장이 안되면 우리는 풍요롭지 못할 것인가』, 『작은 것이 아름답다』, 『과거의 거울에 비추어』를 읽은 건 생태주의에 대한 관심 때문이었을까. 『우리가 잘못 산 게 아니었어』까지 읽은 게 2014년 7월의 기록이니 지금까지 읽은 책은 훨씬 많을 것이다.

그 후 인문사회 공부 모임에서는 한국 현대사, 페미니즘, 기후위기, 불평등 같은 주제를 정해 가면서 읽었다. 미학예술 공부 모임과 페미니즘 공부 모임도 마찬가지다. 미학예술 공부 모임에서는 문화예술 관련 개론서들을 다양하게 읽은 다음, 2012년 5월부터 프로이트, 라캉, 들뢰즈, 베냐민, 장 보드리야르, 존 버거, 테리 이글턴 순서로 공부를 이어갔다. 페미니즘 공부 모임에서는 『젠더 트러블』, 『흑인 페미니즘 사상』, 『가부장제의 창조』, 『백래시』 같은 고전들과 화제의 신간을 섞어가며 읽었다.

덕분에 억지로라도 책을 읽을 수 있었다. 특히 고전이라고 알려진 책들은 유명한 만큼 어려워서 혼자 읽을 엄두가 나지 않았다. 선뜻 손이 안 가기도 했고, 무슨 의미인지 몰라 헤매는 일도 많았다. 그런데 같이 읽기로 하면 어쨌든 읽게 되었고, 몰랐던 의미를 조금이라도 이해할 수 있었다. 특히 미학예술 공부 모임에서 2013년 11월부터 2018년 3월까지 무려 4년 4개월 동안 들뢰즈를 읽었던 경험은 세미나의 '화양연화'였다. 『앙띠 오이디푸스』부터 시작한 들뢰즈 세미나는, 프로이트와 라깡을 읽고 시작했음에도 세상에 이렇게 어려운 책이 있나 싶을 만큼 당혹스러웠다. 한국어가 이렇게 이해가 안 되는 언어인가 싶은 난감함의 연속이었다. 내가 바보인가 싶을 때가 한두 번이 아니었다. 그럼에도 물러서지 않고 『앙띠 오이디푸스』, 『들뢰즈의 철학』, 『감각의 논리』, 『의미의 논리』, 『고쿠분 고이치로의 들뢰즈 제대로 읽기』, 『차이와 반복』, 『천 개의 고원』까지 일곱 권의 들뢰즈 관련 책을 함께 읽었다. 이 세미나를 함께 버텨낸 이들과는 동지애가 생길 정도였다. 덕분에 2018년 4월부터 2019년 11월까지 베냐민을 읽는 건 쉽게 느껴지기까지 했다.

사실 세미나는 공부만 하는 모임이 아니었다. 필연적으로 사람과 만나고 부대끼는 관계의 연속이었다. 책이 쌓여가는 동안 세미나의 멤버는 계속 바뀌었다. 처음에는 쉬운 책으로 시작했지만, 계속 쉬운 책만 읽을 수는 없어 어려운 책을 섞어가며 읽는 동안 멤버들은 들어오고 떠나고 다시 돌아왔다. 누가 오래 참여할지는 알 수 없었다. 오래 하지 않을 것 같은 멤버가 계속하기도 하고, 오래 참여할 것 같은 멤버가 훌쩍 떠나기도 했다. 의무적으로 참여하는 모임이 아니었고, 장기적인 지향을 가진 모임도 아니었다. 전문적인 모임도, 트렌디한 책을 읽는 모임도 아니었다. 전문가가 명쾌하게 정리해주는 걸 듣고 있기만 하면 되는 방식도 아니었다. 멤버들이 연구자이거나 대학원생들이지 않아 자신의 직업과 연결되는 공부 역시 아니었다. 모임에는 학부생과 대학원생, 직장인과 활동가, 예술가가 섞여 있었다. 연령대로도 20대부터 50대까지의 멤버가 공존했다. 무엇보다 의무적으로 책을 읽지 않아도 되는 이들이 꾸준히 고전이나 비판적인 책을 계속 읽는다는 사실만으로도 놀랍고 존경스러웠다. 매번 책을 다 읽지는 않더라도 적지 않은 이들이 소중한 주말 오후를 포기하고 모임에 나왔고, 자신의 돈을 내며 모였다. 돌아가며 발제를 했고, 서로의 이야기에 귀 기울였다.

하지만 다른 일이 생기거나 삶에 눌린 이들이 모임에 못 나오는 일은 흔했다. 주말에도 출근을 해야 해서 못 나오고,

결혼을 하고 아이를 키우다 보니 못 나오는 이들이 한둘이 아니었다. 그런데도 모임이 끊어지지 않고 이어진다는 사실이 놀라웠다. 모르는 사람들, 동질성이 없는 사람들이 모여서 책 읽는 모임을 이어가는 건 쉬운 일이 아니었다. 처음에는 좋은 책을 읽고 같이 이야기 나누겠다는 좋은 의도로 시작할지는 몰라도 매달 책을 읽고 계속 모임에 나오기 위해서는 책을 읽고 모임에 나올 이유가 있어야 했다. 그럴 수 있는 상황이어야 한다. 모임에서 배워가는 게 있어야 하고, 재미도 있어야 했다. 특히 모임에 거북한 사람이 없어야 했다. 사람들은 아무리 세미나가 좋아도 자신을 불편하게 하는 사람을 견디면서까지 세미나에 나오지는 않았다. 사람들이 모이는 모임에서는 사람들끼리의 교감과 재미가 중요했다. 누군가는 세미나의 룰을 책임진다면, 누군가는 다정함과 웃음을 책임져야 했다. 책의 내용을 잘 이해하고 설명하는 사람이 필요하듯 뒤풀이 분위기를 이끄는 사람도 중요했다. 세미나 모임들이 삐걱거리면서도 유지될 수 있었던 것은 누군가 이 역할을 했기 때문이었을 것이다. 이런저런 역할 분담이 잘 맞아떨어진 덕분이었을 것이다. 물론 잘 맞지 않는 사람, 그래서 자꾸만 뒷담화를 하게 만든 사람도 있었다. 하지만 그런 사람도 없는 것보다 있는 게 나았다. 서로 다른 정체성과 지향을 가진 사람들이 어울려 세미나의 리듬을 만들었다. 어떤 때는 북적였고, 어떤 때는 한산했다. 사람들이 많이 나오면 좋아하고, 덜 나오면 기운이 빠질 만큼 일희일비하던 나는 모임들이 10년을 넘어가면서부터 마음을 비웠다. 모임이 평생 갈 수는 없을 거라고, 이만하면 충분하다고, 할 만큼 했으니 언제 끝나도 아쉬워하지 않겠다고, 모임을 억지로 유지하지는 말자고 마음먹었다.

　실은 모임의 초반기에는 모임 당일 세미나 시간 직전에 갑자기 모임에 못 나온다는 통보를 보내는 사람들 때문에 속이 부글부글 끓곤 했다. 참여한 모임은 대부분 주말 오후 2시부터 시작하는데, 갑자기 12시~1시 사이에 못 나오겠다는 문자가 날아오면 그러려니 할 수가 없었다. 나오는 분들의 숫자에 맞춰 모임 공간을 예약해두었는데, 못 오는 이들이 늘어나면 오는 사람들이 더 많은 이용료를 내야 했다. 때에 따라서는 갑자기 모임을 진행할 수 없었다. 불현듯 날아온 불참 통보 때문에 모임을 취소해야 할 때는 '내가 이 황금 같은 주말에 뭐 하러 이러고 있나' 싶은 생각까지 들었다. 발제를 맡은 사람마저 모임 직전에 못 나오겠다고 하는 바람에 뚜껑

이 열리는 경험을 두어 번 하고선 모임 당일 불참을 통보하는 사람은 무조건 다음 달 발제를 맡는 벌칙을 만들었다. 그제야 당일에 못 오겠다는 연락을 하는 일이 사라졌다.

모임의 멤버들은 내가 모임을 챙긴 덕분에 모임이 유지되었다고 한다. 하지만 나도 안다. 혼자 힘으로 되는 일이 아니라는 것을. 내 덕분에 여기까지 온 게 아니다. 만나면 재미있는 사람들, 인간적으로 끌리고 좋아할 수밖에 없는 사람들 덕분에 여기까지 올 수 있었다. 어떤 사람은 처음부터 끝까지 나를 답답하게 하고 속 터지게 했지만, 어떤 사람은 항상 다정한 모습으로 다른 사람의 이야기에 귀 기울이면서 함께 해주었다. 같이 집회에서 새벽을 맞기도 했고, 속 이야기를 털어놓으면서 눈물 흘리기도 했다. 보고 싶어 대전까지 만나러 가기도 했던 사람. 그리고 모임에 나오지 않더라도 소식을 주고받고 가끔 만났던 사람들. 결국 남는 것은 사람이었다. 그런 사람들이 있었으니 역시나 운이 좋았다. 아무리 생각해봐도 감사해야 할 사람투성이이다. 세미나 덕분에 사람은 제각각 매력과 쓰임이 다르다는 것을. 세상은 그런 사람들이 어울려 만드는 앙상블이라는 것을 배웠다. 내게 무엇이 부족한지 한두 번 깨달은 게 아니다.

모임이 잘되고 오래가기 위해서는 사람들이 즐겁게 만나되 적절한 룰이 필수였다. 적잖은 이들과 만나고 헤어지면서 헤어짐에도 예의가 필요하고, 기다림에는 더 큰 정성이 있어야 한다는 것을 알게 되었다. 다시는 만날 수 없게 되어버린 누군가를 생각하면 여전히 마음이 아리다. 곁에 있을 때 잘해야 하고, 그리운 사람은 자주 만나야 한다. 물론 나는 알면서도 여전히 서툴고 답답하게 산다. 세상에 대해, 사람에 대해, 나 자신에 대해 죽을 때까지 세미나를 멈추면 안 될 것 같다.

내일은 모른다

　　　　　　　 살다 보니 안 하던 일을 하게 되
고, 하던 일을 안 하게 된다. 늘 하던 말을 안 하거나 안 하던
말을 하게 되기도 한다. 그럴 줄 몰랐다.

　가장 큰 변화는 다른 사람의 기분과 반응을 살피게 되었
다는 것 아닐까. 예전에는 둔감하고 무심한 데다 내 기분만
생각하느라 다른 사람의 기분을 신경 쓰지 않는 편이었다.
다른 사람의 기분을 잘 알아차리지도 못했다. 그런데 그렇

게 살면 외로워진다. 평판 역시 좋을 리 만무하다.

무엇보다 세상은 혼자 사는 게 아니었다. 다른 사람들이 나에게 맞추기를 기대해서는 안 되었다. 상대를 배려하고 존중해야 했다. 상대가 좋은 사람이기 때문이 아니다. 사람들은 배려 받고 존중받기를 바라고, 그럴 때 행복감을 느끼는, 나와 똑같은 사람이기 때문이다.

언제 다시 만날지 모르는 사람에게 일부러 나쁜 기억을 남길 필요는 없다. 나쁜 기억을 남겼다는 생각이 들면 오래오래 후회하기 마련이다. 어떤 사람들은 다른 사람에 대해 오래도록 이러쿵저러쿵 떠들곤 해 굳이 기분을 상하게 하지 않는 게 났다. 물론 다시 보지 않을 각오를 하고 말해야 할 때는 해야 한다. 미숙하고 제멋대로인 나는 여전히 불쑥불쑥 거친 말을 하기도 한다. 하지만 이제는 가능한 한 덜 기분 나쁘게, 더 다정하고 친절하게 말하려 애쓴다. 말해봐야 통하지 않을 이야기는 아예 꺼내지 않기도 한다. 지금 알게 된 것을 예전에도 알고 있었다면 덜 잘못하고 덜 미움받는 사람이 될 수 있었을 텐데, 나는 항상 늦고 느리다.

더 이상 술을 마시지 못한다는 것도 변화 중 하나다. 나의 주량은 소주 한 병 정도. 예전부터 잘 마시는 편은 아니었다.

즐기는 편도 아니었다. 그래도 술자리를 싫어하진 않았는데, 2011년 쯤 사는 데 회의를 느끼면서 몸이 안 좋아지는 바람에 술을 끊을 수밖에 없었다. 많이 마시지도 않았던 술을 끊고 나니 얼마나 적적하던지. 술자리가 사라지거나, 술자리에서 혼자 밍숭맹숭 앉아 있다 보니 사는 게 무료했다. 흥청망청 들뜬 홍대 주차장 밤거리를 멀쩡한 얼굴로 걸어 돌아올 때는 외롭기까지 했다. 세상 사람들이 다 취했는데 나만 맨정신인 것 같았다. 술에 취해 해롱대는 걸 안 좋아했는데, 술을 끊어보니 그렇게 취해 마음의 빗장을 풀어버리는 게 쓸데없는 일이 아니었다. 이젠 술을 거의 안 마시지만 건강을 회복하면서 조금씩 마시기도 했는데, 그때마다 기분이 들뜨는 게 아이처럼 즐거웠다. 게다가 요즘에는 맛있는 술이 얼마나 많은지 감탄하며 마실 때가 한두 번이 아니다. 이렇게 맛있는 술이 많을 거라고 생각하지 않았는데, 세상은 넓고 나는 모르는 것투성이였다.

먹는 데 돈을 안 아끼게 된 것도 변화라면 변화일 것이다. 별다른 취미가 없는 나는 알고 보니 맛집 탐험 대장일 뿐 아니라 식탐까지 넘치는 사람이었다. 어딜 가든 아무 식당이나 들어가 먹지 않았다. 반드시 사전에 '뿔레', '식신', '망고

플레이트' 등 앱에서 검색을 해보고 맛있다는 집으로만 찾아갔다. 조금 비싸더라도, 한 끼를 먹더라도 맛있는 걸 먹어야 했다. 특히 먹고 싶은 빵과 디저트가 있으면 배가 부르고 비싸도 꼭 사 오곤 한다. 절약해야 한다고, 무리하지 말아야 한다고 생각해 참을 때가 많았는데 그 돈 아껴봐야 별거 없었다. 오히려 다시 그 가게에 가지 못해 후회할 때가 적지 않았다. 쌓인 빵과 디저트 앞에서 한참 주저하다 집에 와서 아쉬워하는 모습을 여러 번 본 부인님이 "이게 뭐라고 고민하냐?"며 먹고 싶은 빵을 다 사 주는 일이 반복되면서 나도 바뀌었다. 먹고 싶은 빵이 있으면 아끼지 않고 일단 사서 먹어본다. 그렇다고 수십 개를 쓸어 담는 게 아니었다. 많아야 네댓 개밖에 사지 않는다. 물론 이렇게 할 수 있는 건 생활이 궁핍하지 않고, 우리에게 아이가 없어 생활비가 많이 필요하지 않기 때문일 것이다.

이렇게 살 수 있다는 데 감사하는 것도 달라진 것일까. 더 유명해지거나 더 많은 일을 하고 싶고, 더 잘하고 싶은데 못해서 아쉽고 속상할 때가 많았는데, 하고 싶은 일을 하면서 살 수 있다는 것은 쉬운 일이 아니었다. 프리랜서인 내게 일이 끊어지지 않고 들어와야 했고, 내가 그 일을 해낼 수 있어야 했다. 건강이 상하지 않아야 하고 사고가 일어나지 않아야 했다. 나뿐 아니라 가족들이 큰일 없이 살 수 있어야 했다. 어느 하나 손쉽거나 당연한 일이 아니었다. 갑자기 아프고 다치거나 일이 생기는 이들을 보면서 가슴을 쓸어내리지 않았다면 거짓말일 것이다. 갈수록 나의 능력과 그릇이 변변치 않다는 것을 인정하면서 이만큼 살 수 있다는 것도 내게는 과분하다는 생각을 안 할 수 없었다. 운이 좋다고, 더 욕심내지 말고 주어진 일이라도 잘해야겠다고 마음을 고쳐먹게 되었다. 악담하지 않고 나를 받아주는 이들, 내게 일할 기회를 주는 이들에게 고마울 따름이다.

식물과 친하게 될 줄도 몰랐다. 결혼 후 우리는 여러 번 조그만 텃밭을 가꿨다. 집에서 제법 떨어진 서오릉 앞 텃밭까지 자전거를 타고 다니기도 했고, 은평구청에서 운영하는 '갈현텃밭'을 신청해 가꾸기도 했다. 옥상에는 화분을 여러 개 만들었다. 함께 흙을 고르고 씨앗을 뿌리고 모종을 심고 물을 주는 일은 활기가 넘쳤다. 좀처럼 밖으로 나가지 않는 나의 나들이였고, 드물게 몸을 쓰며 일하는 육체노동이었다. 꼬박꼬박 물을 주고 잡초를 뽑아주면 대부분 잘 자랐다. 물을 주러 갈 때마다 쑥쑥 자라 있는 상추와 가지를 보면 신기하고 놀라웠다. 식물은 물과 태양과 바람만으로 자랐다. 물과 태양과 바람이 없이는 자랄 수 없었다. 그 모습을 지켜보면서 자연의 신비로움과 위대함에 새삼 감탄하게 되었다. 부인님에 대해서도 더 알 수 있었다. 부인님은 식물 키우는 것을 좋아하는 사람, 뭐든 꼼꼼하게 들여다보는 사람이었다. 하고 싶은 건 미루지 않고 하는 사람이었다. 그 모습을 지켜보는 게 즐거웠고, 같이 일하는 순간이 행복했다.

이사 온 후에는 텃밭을 가꾸는 대신 베란다에서 키우는 화분들이 차츰 늘어났다. 이제 몬스테라가 있고, 필레아 페페도 있다. 식물을 키우는 건 어르신들만 하는 일인 줄 알았는데 그렇지 않았다. 코로나 팬데믹으로 인해 밖으로 나갈 수 없게 된 이들이 하나둘 화분을 키우며 집 안에서 버티곤 했다. '불멍'과 '물멍'에 이어 '식물멍'에 빠지는 이들도 늘어났다. 물을 주고 지켜보는 단순하고 짧은 시간은 일에서 벗어나는 시간이자, 다른 생명과 교감하며 책임지는 시간이었다. 고개를 돌리면 푸른 잎사귀들을 볼 수 있다는 사실만으로 평화로움을 느낄 수 있었다. 잠시라도 그런 시간이 없다면 하루를 버티기 어려웠다. 살아가기 위해 필요한 것은 밥과 술과 책만이 아니었다.

나이 들어서야 운동을 시작하고, 일부러라도 채소와 과일을 먹으려고 노력한다. 어울리는 헤어스타일과 패션이 어떤 것인지 알게 되었으니, 앞으로는 거의 바뀌지 않을 것이다. 일을 할 때는 밀어붙이기만 하지 않고 기다리기도 하고 포기하기도 한다. 반드시 해야 한다거나 절대 하면 안 된다고 생각하는 일은 계속 줄었다. 하루를 대충 보내도 큰일이 벌어지지 않았다. 나는 여전히 오래된 가치와 지향을 버리지 않은 채, 루틴을 챙기며 살지만 사람들은 제각각 다른 결정을 하면서 자기식대로 잘 살았다. 삶에 정답은 없었다. 다른 선택 앞에서 나의 말 같은 건 의미가 없을 때가 많았다. 인정하고 받아들이는 것이 최선이었다. 가까워지고 싶었지만 잘 되지 않는 사람, 한때는 가까웠으나 어느새 멀어진 사람에게 미련을 품는 일도 줄었다. 아쉽고 서운하지만 다 가질 수 없었다. 다 누릴 수 없었다.

모든 것은 변하고 지나간다. 나조차 나를 모르고 어찌하지 못한 채 오늘을 살아가니 내일은 더더욱 모른다. 그저 살아갈 뿐이다. 이렇게 살 줄 몰랐기는 매한가지다.

함께하는 여행

가장 좋았다고 생각하는 여행의 순간은 두 번이다. 2013년 경상북도 영주 무섬마을에 갔을 때, 그리고 2015년 (체코의) 체스키크룸로프에 갔을 때. 둘 다 부인님과 함께였다. 무섬마을에 가자고 한 것은 부인님이었다. 영주라면 부석사밖에 몰랐던 나는 별 기대 없이 무섬마을로 향했다. 무섬마을은 안동 하회마을보다 작은, 정갈하게 정비한 전통 마을이다. 무섬마을의 압권은 마을 앞

내린천을 건너는 긴 외나무다리다. 사람이 거의 없던 맑은 오후, 우리는 외나무다리를 건너다 다리에 걸터앉았다. 다리 아래 흐르는 내린천은 무릎 아래 정도의 깊이밖에 되지 않았다. 다리에 앉으니 발목쯤에서 내린천이 찰랑거렸다. 햇살은 쏟아지고 졸졸졸 내린천 흐르는 소리밖에 아무 소리도 들리지 않았다. 손을 내밀면 부인님이 손을 잡아주었다. 우리는 그 순간 입을 맞추고 웃었을까. 아무것도 필요하지 않았다. 이대로 시간이 멈추면 좋겠다고 생각했다.

체스키크룸로프의 추억도 영롱하다. 빨간 지붕들이 인상적인 체스키크룸로프는 유명한 관광지다. 체스키크룸로프성 곳곳을 돌아다니다가 정원을 발견했다. 아무 생각 없이 정원이 끝나는 곳까지 걸어갔더니 작은 연못이 있는 비밀스러운 공간에 도착했다. 가운데 있는 사각형 연못을 큰 나무들로 둘러싸고, 구석에 연못을 바라보며 앉을 수 있는 벤치를 서너 개쯤 놓아둔 그곳은 아늑하고 조용했다. 연못에서 노니는 오리 소리가 가끔 들렸을 뿐이었다. 바람에 나뭇가지들이 흔들리는 맑은 날 우리는 연못과 나무를 바라보며 한참을 말없이 앉아 있었다. 너무 아름다워 눈물이 날 것 같았다. 이렇게 아름다운 순간을 함께 누릴 수 있는 것이 결혼

생활인가 싶었다. 하염없이 앉아 있던 순간이 떠오를 때마다 아득해진다.

결혼 전에는 여행을 별로 가지 않았다. 혼자 가기 싫어서는 아니었다. 해야 할 일들을 잠시 멈추지 못했던 나는 쉽게 떠나지 못했다. 항상 엄청나게 바쁜 것도 아니었다. 다만 소소한 일들을 계속해야 한다는 압박감 때문에 좀처럼 일상을 벗어나지 못했다. 그러면서 훌쩍 떠나고 싶다는 로망만 가지고 있었다. 여행 책자들을 읽으면서 가보면 좋겠다고 생각만 하고 있었다.

부인님은 달랐다. 부인님은 정처 없이 걷는 걸 좋아하고, 목적지를 정하지 않은 채 터미널에 가서 내키는 대로 떠나던 사람. 그랬으니 집에만 있는 내가 얼마나 답답했을까. 놀지 않고 책 읽고 음악 듣고 영화 보거나 맛집을 찾아가는 정도만 반복하는 내게 부인님은 불쑥불쑥 여행을 제안했다. 부인님이 떠나자 하시니 떠나지 않을 이유가 없었다.

결혼 전 다녀온 군산을 시작으로 우리의 여행은 신혼여행지였던 태국 치앙마이와 빠이, 영주, 앙코르와트로 이어졌다. 순천, 코타키나발루, 뮌헨, 베를린, 통영에 이어 춘천, 프라하, 체스키크룸로프, 할슈타트, 빈, 전주, 공주로도 향했다.

제주도, 유후인, 대전, 수원, 부여에도 갔다. 오키나와는 마음에 들어 두 번이나 다녀왔다. 부산, 서귀포, 음성, 바르셀로나, 광주, 구례, 경주, 포항, 고흥, 증도, 속초로도 떠났다. 제일 많이 갔던 곳은 제주도와 경주. 우리의 여행은 두 분의 어머니들과 함께 떠나기도 했고, 내 어머니만 모시고 가기도 했다.

부인님은 좀처럼 떠나지 않는 나를 여행하게 만들었다. 수많은 여행의 경험과 추억을 안겨주었다. 가보고 싶었던 곳에 가보게 했고, 며칠 여행을 떠난다고 큰일이 생기지 않는다는 것을 알려주었다. 열심히 일하는 것만큼 노는 것이 중요하다는 것을 깨닫게 했다. 여행처럼 즐거운 일이 있어야 삶이 행복하다는 것을, 아니 삶은 얼마든지 행복으로 채워질 수 있다는 것을 마흔 살 넘어 알게 했다.

좋았던 순간만 있었을 리 없다. 시간대별로 어디에 갈지 미리 정해놓고 도장 깨기 하듯 다 해내야 만족하는 나의 여행 스타일은 계획 없이 내키는 대로 다니는 부인님의 여행 스타일과 정반대였다. 그러다 보니 여러 번 부딪쳤다. 사실 낯선 여행지에서는 계획대로 되지 않았다. 계획대로 될 수가 없었다. 차가 없고, 현지 언어를 모르는 데다, 여행 책자가 나온 뒤에도 현지 상황은 계속 바뀌었기 때문이다. 상황이 여의치 않으면 자연스럽게 다른 걸 하면 되련만, 나는 계획대로 하지 못한 것을 계속 아쉬워하면서 애초의 계획을 기어이 따르려 했다. 가려던 맛집이 문을 닫았으면 근처의 아무 곳이나 가면 될 텐데 나는 또 다른 맛집을 검색해서 찾아가는 식이었다. 2017년 오키나와에 처음 갔을 때, 골목을 뱅뱅 돌며 한참 찾던 카페와 식당이 폐업한 것을 깨달았던 순간이 있다. 점심이 많이 늦어 부인님은 배가 고픈데, 그래서 아무 데나 얼른 들어가 점심을 먹었으면 좋겠는데, 나는 또 다른 맛집이 어디 있는지 검색하고 기어이 그곳으로 가려 했다. 이제와 생각하면 아무리 혼내도 부족할 일이다.

이런 여행에 무슨 여유와 자유로움이 있을까. 의외의 경험 역시 없었다. 여행을 일처럼 다니는 스타일이랄까. 융통성 없는 성격이 고스란히 배어나는 여행법이었다. 특히 두 분 어머님을 모시고 앙코르와트에 갔던 2015년 초, 시엠립 공항으로 입국하면서 여권과 함께 뒷돈 1달러를 내지 않는 바람에 보복을 당해 그 새벽에 2시간이나 늦게 입국 수속을 받아야 했던 순간을 잊을 수 없다. 그래야 한다는 이야기를 듣고도 지기 싫어 고집을 피운 결과였다. 그해 코타키나발

루에 갔을 때는 호텔 휴게실에서 소리 내 드라마를 보는 중국인 관광객과 싸우기도 했다. 쓸데없는 싸움을 하지 않으려는 부인님 입장에서는 엄청나게 답답하고 힘들었을 것이다. 나를 혼내고 책망하는 게 당연하다. 여행에서 여러 번 부인님의 반발을 경험하고 분위기가 싸해지면서, 그리고 현지 상황의 변화무쌍함을 만나면서 나의 여행 스타일도 바뀌었다. 부인님에게 버려지지 않으려면 여행 스타일을 바꿔야 했다. 이제는 시간대별로 촘촘하게 계획을 잡지 않는다. 오늘 하면 좋을 것들을 제안하고 합의한 다음 최대한 하면 좋고 못 하면 마는 정도로 느슨해졌다. 어지간하면 싸우지 않는 것은 물론이다.

우리의 여행은 함께 가는 것이었다. 함께 가려면 서로 맞춰야 했다. 부인님은 대체로 여행 갔을 때 내게 맞춰주는 편이었지만 내 방식만 고집할 수 없었다. 때로는 부인님이 하고 싶은 걸 해야 했다. 그 시간은 부인님이 어떤 걸 좋아하는지 배우고 존중하며 배려하는 시간이었다. 내가 해보지 않은 일들을 하면서 의외의 재미를 만나는 시간이었다. 좋아라 하는 부인님의 얼굴을 보며 나와 다른 욕망을 가진 사람을 마주하는 시간이었다.

결혼 생활도 다르지 않다. 자신이 하고 싶은 걸 다 이야기하되, 상대가 원하지 않으면 조율해야 한다. 때로는 상대가 가리키는 쪽으로 웃으며 따라가기도 해야 한다. 지는 것이 이기는 것이다. 뾰루퉁한 마음, 마지못해 하는 마음이 아니라 함께하니 그것만으로 좋다는 마음으로 기쁘게 가려고 노력해야 한다. 물론 싸운 적도 많다. 하지만 함께 가다 보면 혼자서는 보지 못한 것들을 더 많이 볼 수 있었다. 혼자 느끼는 즐거움보다 더 큰 기쁨을 느낄 수 있었다. 그 소소한 즐거움에 대해 오래오래 이야기할 수 있었다. 좋은 여행은 돌아온 뒤에도 일상을 감칠맛 나게 해주었다.

　　함께 살고 여행하는 동안 나도 예전과는 조금 다른 모습이 되지 않았을까. 나를 아는 사람들은 결혼 후 내가 훨씬 여유롭고 편안해졌다 한다. 모두 부인님 덕분이다. 부인님은 항상 곁에 있어 외롭지 않게 해주었다. 뛰어난 유머 감각으로 자주 웃게 만들었다. 나 자신에 대해 자신감과 용기를 갖게 도와주었다. 삶의 다른 면을 보게 해주었고 다른 사람을 더 배려하게 조언했다. 앞으로 함께할 날들은 부인님에게도 성장과 기쁨의 시간이 될 수 있으면 좋겠다. 그러려면 내가 지금보다 다섯 배쯤 잘해야겠지만.

질투하는 사람

　　　　　　　　했던 이야기를 반복하는 글이
되더라도 양해해주시길 바라며 써본다. 질투할 때가 있다.
부러워할 때가 있다. 나도 할 수 있는 것 같은데 기회가 오지
않을 때, 내가 더 잘할 수 있을 것 같은데 나를 호출하지 않
을 때, 다른 사람이 나보다 잘했다는 것을 인정할 수밖에 없
을 때 질투가 난다. 부러워한다. 유명해지거나 실력을 인정
받고 싶은 마음이 크기 때문일 것이다.

사람을 움직이는 동력은 제각각 다르다. 누군가는 돈을 벌기 위해 일하고, 누군가는 일하는 게 즐거워서 일한다. 누군가는 사회를 변화시키기 위해 일하고, 누군가는 일이니까 그냥 할 것이다. 물론 한 가지 이유만으로 일하는 사람은 없다. 일도 사람도 그렇게 단순하지 않다.

나는 유명해지고 싶다는 생각, 인정받고 싶다는 생각이 강했다. 단순히 유명해지기만 해서는 안 된다. 누구와도 비교할 수 없을 만큼 압도적으로 잘해서 유명해지는 게 중요하다. 일의 결과물이 뛰어나 누구든 인정하고 존중하는 사람이 되고 싶었다. 누구든 나의 의견을 참고하고 기준으로 삼는 사람이 되고 싶었다. 내 경우에는 음악 평론을 잘해야 한다. 깊이 있게 보고 독창적으로 써야 한다. 문장도 좋아야 한다. 말까지 잘하면 금상첨화다. 내게 평론의 세계를 알려준 문학평론가들이나, 대중문화 평론의 세계를 보여준 이들처럼 써야 한다고 생각했다. 지금도 종종 그들만큼 쓰고 있는지 곰곰이 생각할 정도다.

전업으로 글을 쓰기 시작한 지 16년쯤 된 거 같다. 다른 일을 하지 않고 대중음악의견가로만 살아간다. 그새 책도 네 권 냈다. 이렇게 살아갈 수 있다는 것만으로 놀랍고 신기하고 감사한 일이다. 하지만 꿈은 더 컸다. 욕심은 더 높았다. 책을 내면 수만 부는 거뜬히 팔렸으면 좋겠다 싶었다. 원고 청탁이든 강의든 심사든 방송이든 일 요청이 끊이지 않는 삶을 살고 싶었다. 그렇게 널리 인정받는 사람이 되고 싶었다.

하지만 그렇게 살지 못했다. 전업 대중음악의견가로 살아가긴 하지만 어떤 꿈들은 이루지 못했다. 아직 이루지 못한 것일 수도 있지만 어쨌건 여태 해내지 못했다. 그게 아쉬울 때가 많다. 왜 하고 싶은데 하지 못할까 싶고, 왜 나는 못하는데 다른 사람은 해낼까 싶었다. 내 능력은 여기까지인가 싶었다. 아무리 노력해도 안 되는 건가 싶었다.

날마다 열심히 음악을 듣고 책을 읽고 소셜미디어를 살피는 건 잘하고 싶기 때문이다. 물론 못하고 싶은 사람은 없을 것이다. 다들 잘하고 싶을 것이다. 잘한다는 말을 듣고 싶을 것이다. 그런데 나는 유독 향상심, 인정욕구, 명예욕이 강했다. 당연히 좀처럼 만족하지 못했다. 책을 내지 못했을 때는 책을 낸 사람이 부러웠고, 책을 낸 다음에는 책이 잘 팔리는 사람이 부러웠다. 책이든 강의든 방송이든 잘나가는 사람은 곳곳에 많았다. 부러워하고 질투할 사람들 천지였다.

문제는 내 능력이 안 된다는 사실이었다. 열심히 듣고 읽고 쓰면 어느 정도까지는 나아지지만 노력으로 나아지는 것은 한계가 있었다. 나아지기 위해서는 시간도 많이 필요했다. 특히 나이를 먹으면서 기억력이 떨어졌고 기존의 스타일에서 벗어나기 더 어려웠다. 나는 천재가 아니었고, 창조성이 넘치는 사람이 아니었다. 꿈이 높고 욕심이 많아 나를 다그치면서 밀어붙였을 뿐이었다.

물론 노력은 중요하다. 꾸준히 노력하면 어제보다 나아지기도 한다. 하지만 노력의 결과가 항상 즉시 나타나지는 않았다. 효과가 빠르게 나타날 때도 있었지만, 밑 빠진 독에 물을 붓듯 사라져버리는 경우가 더 많았다. 내가 얼마나 수용하거나 흡수할 수 있는 사람인지도 중요했다. 세상에는 하나만 가르쳐도 열 개를 깨닫는 사람도 있지만, 하나조차 제대로 못 깨닫는 사람도 있다. 나는 전자이기를 바라는 후자였다. 후자라는 사실을 부정할 수 없었다.

그런 나를 좋아하기는 어려웠다. 자신이 부족해도 아끼고 사랑하는 사람도 있다. 인삼일 줄 알았던 자신이 고구마라 해도 좋아라 하며 살아가는 사람도 있다. 하지만 나는 내가 고구마라는 사실에 상처 입고 풀 죽는 사람. 그게 너무 싫고 속상해 견딜 수 없는 사람이었다. 아무리 노력해도 고구마는 인삼이 될 수 없다는 사실을 알고 맥 빠져 인삼을 부러워하면서, 군이 인삼 곁으로 다가가 질투하고 자신을 괴롭히는 사람이었다. 되고 싶은 자신과 현실의 자신이 좀처럼 일치하지 않는 사람, 그래서 자주 힘든 사람이었다. 나도 안다. 그렇게 생각하면 힘들고 괴롭다는 것을. 자신에 대해서나, 인생에 대해서나, 다른 사람에 대해, 행복에 대해 그렇게 생각할 필요가 없다는 것을. 인생은 목표를 이루기 위한 과정이 아니고, 자신은 다른 사람과 비교하지 않아도 이미 소중하고 유일무이한 사람이라는 것을 어느 순간 알게 되었다.

하지만 안다고 생각과 태도가 송두리째 바뀌지 않는다. 목표를 낮추거나 지우는 일은 쉬운 일이 아니다. 기질과 성향도 쉽게 바뀌지 않는다. 게으른 사람이 부지런하게 사는 게 힘들듯, 부지런한 사람이 게으르게 사는 것도 힘들다. 욕심 없는 사람이 욕심을 부리는 것이나, 욕심 많은 사람이 욕심을 버리는 일은 똑같이 힘들다.

그래서 이제 그냥 그런가 보다 하고 산다. 나는 욕심이 많은 사람인가 보다 하고 산다. 해도 잘 안되는 사람인가 보다 하고 산다. 그래도 계속해보려는 사람인가 보다 하고 산다.

좀처럼 쉬지 못하는 사람, 다른 사람을 부러워하고 질투하면서 사는 사람인가 보다 하고 산다. 이렇게 생각하며 산다는 이야기는 소셜미디어에 안 쓰고 혼자 견디는 편이 나을 것이다. 하지만 써서 내 마음이 편해질 수 있다면, 누군가 '좋아요'를 누르고 힘내라고 위로해주는 게 힘이 된다면, 다른 사람들에게 지질하고 하찮아 보이는 자신을 광고하더라도 쓰는 게 낫다고 생각하며 산다.

이제는 예전처럼 나를 바꾸려 하지 않는다. 자랑스러워하지 않지만 부끄러워하지도 않는다. 멋지지는 않지만 잘못하는 것은 아니니까. 세상 모든 사람이 다 지혜롭고 여유로운 모습으로 살 수는 없으니까. 무엇보다 나는 그게 안 되는 사람이니까. 그래도 계속 노력은 해보면서 살아갈 테니까. 오랫동안 좋아하는 노랫말처럼 이렇게 살 수 있는 사람은 나뿐이다.

다만 요즘엔 다른 사람들의 성공을 기뻐하고 축하하면서 산다. 어차피 내가 할 수 없는 일이 있다. 세상 모든 일을 다 내가 할 필요도 없다. 그들도 살아가야 하고 행복해야 한다. 사실 그들 중 누군가는 나처럼 괴롭고 힘들지 모를 일이다. 내내 편안하고 행복한 삶은 어디에도 없다.

타인의 흠은 큰 문제이지만 자신의 흠은 본의가 아니었다는 세상에서는 다른 이들에게 더 관대해져야 하지 않을까 싶다. 위대한 성인처럼 살 수 없다 해도 더 이해하고 연민하며 사는 게 낫지 않을까 싶다. 내가 버틸 수 있고 살아갈 수 있는 것은 누군가가 나를 이해하고 연민하기 때문일 것이다. 이런 나라도 내치지 않기 때문일 것이다. 이해가 아니라 오해라면 또 어떤가. 어차피 자신도 자신을 다 모른 채 살지 않나. 그러니 이왕 오해할 거라면 좋은 쪽으로. 다른 이들이 기분 좋고 행복한 쪽으로. 때로는 누군가의 우쭈쭈가 우리를 살게 한다. 질투보다는 우쭈쭈가 내 마음을 둥글고 환하게 해줄 것이다.

운동하는 습관

아침마다 운동을 한다. 일주일에 다섯 번, 아침 8시에서 9시 반 사이에는 운동을 한다. 집 앞에서 국민체조와 줄넘기를 한 다음, 집 근처 언덕으로 올라가 팔굽혀펴기, 윗몸일으키기, 턱걸이 등등을 한다. 팔굽혀펴기 160번, 윗몸 일으키기 150번, 턱걸이 20번 정도가 나의 루틴이다. 그리고 20~30분쯤 뛴다.

운동을 시작한 지 꽤 오래되었다. 2012년에 결혼을 할 즈음, 건강이 썩 좋지 않았다. B형간염 보균자인 나의 간 효소 수치(ALT/AST)가 올라갔기 때문이었다. 뭐라도 해야 할 것 같아 운동을 시작했다. 동네 뒷산의 운동기구들을 활용해 팔굽혀펴기, 윗몸일으키기 같은 운동을 시작했다. 하다 보면 어느새 운동량이 늘어나는 게 즐거웠다.

한동안은 플랭크를 하기도 했다. 엎드려 벌 받듯 버티는 단순한 방식이지만 플랭크를 하고 나면 복근이 생기는 게 보였다. 복근에 대한 로망이 있는 내게 더할 나위 없는 운동이었다. 달라진 모습이 뿌듯해 소셜미디어에 상체를 탈의한 사진을 여러 번 올렸다가 조용한 항의를 받기도 했다.

부인님의 안식년에 맞춰 한 달간 제주도에 내려갔던 2019년 1월부터는 달리기를 시작했다. 제주도는 한겨울에도 춥지 않았다. 김녕의 운동장을 뛰거나 제주시 동부보건소 2층 헬스장의 러닝머신에서 뛰었다. 달리기는 헬스 기구를 이용하는 운동처럼 혼자 해도 되는 운동인 데다, 운동신경이 둔한 나에게도 어렵지 않았다. 뛰다 보면 아무 생각이 없어졌다. 오직 달리는 나만 있었다. 달리기 역시 다른 운동들처럼 계속하면 계속 늘었다. 뛰는 거리가 늘어나고 속도는 빨라졌다. '나이키 런 클럽' 앱으로 기록을 확인하면서 변화를 확인하면 웃음이 나왔다. 목표 지향적 인간인 나는 정한 시간이나 일정한 거리를 반복해서 뛰면서 미션을 수행하는 방식이 좋았다. 특히 기록이 늘어나는 게 기뻤다. 40대 후반이다 보니 기록이 빠르게 늘지는 않았지만 이제는 50분쯤 뛰어도 아무렇지 않다.

그리고 운동을 하면 힘이 났다. 당연히 운동을 하기 싫은 날이 있다. 기분이 좋지 않은 날도 있다. 하지만 무조건 일주일에 4~5일은 운동하는 것이 나의 룰이다. 그래서 억지로 옷을 갈아입고 나온다. 국민체조를 하고 줄넘기를 하다 보면 몸이 풀린다. 특히 뛰고 나면 땀이 나고 몸에 활기가 생긴다. 가라앉았던 마음, 우울했던 마음은 씻은 듯 사라진다. 오늘도 해냈다는 성취감만이 아니다. 몸이 움직이면서 활기가 생기고, 그 활기가 기분을 바꿔버리는 것이다.

운동을 하기 전에는 몰랐다. 이성이나 감정이 육체를 지배하는 줄 알았다. 아니었다. 반대였다. 몸이 생각과 감정을 만들고 바꿨다. 아무리 처지는 날도 운동을 하고 나면 힘이 났다. 기분이 좋아졌고, 뭔가 해보고 싶어졌으며, 해낼 수 있을 것 같은 활기가 생겼다. 집으로 돌아가는 발걸음이 경쾌했고, 아침 식사는 맛있었다. 몸이 정신보다 위에 있다는 것을 확인하면서 더더욱 운동을 거를 수 없었다.

그런데 운동은 날마다 해야 했다. 이틀만 연속으로 쉬어도 3일째 되는 날은 나오기 싫고 다시 힘이 들었다. 운동을 날마다 해야 한다고 생각하면 가끔은 어이없기도 했다. 운동은 근육으로 쌓기도 했지만, 하지 않으면 서서히 사라졌다. 날마다 반복하는 수밖에 없었다. 사는 일과 비슷했다. 삶이 다하지 않는 한 날마다 새로운 날을 살아가야 하고, 몇 가지 일들을 반복해야 한다. 먹고 자고 싸고 일해야 한다. 지겹지만 이 기본적인 행위들이 잘 되지 않으면 삶이 흔들린다. 집안일 같은 재생산노동도 계속해야 한다. 어제 했지만 오늘 다시 해야 한다. 누군가는 그 일을 다른 사람에게 맡기기도 하고, 상품을 구입하는 방식으로 아웃소싱하기도 하지만 반복해야 하는 것은 매한가지이다.

그래서 운동은 그냥 하는 일상이 되었다. 이제는 기록을 늘릴 생각을 하지 않는다. 김연아 선수의 유명한 '짤'처럼 그냥 하는 것이다. 글을 쓰는 일도 마찬가지이다. 그냥 하는 거다. 직업으로 하는 수많은 일들은 아마도 그냥 하는 것일 것이다. 물론 운동을 잘하기 위해서는 좋은 폼(form)을 익혀야 한다. 괜찮은 운동복이 있으면 더 좋다. 하지만 운동을 시작하고 계속하기 위해서는 역시나 그냥 하는 수밖에 없다. 살아가는 일도 마찬가지다. 더 좋은 글을 쓰거나 유명해지거나 세상의 변화를 만들고 싶다고 생각하면서 살지만 그런 일은 쉽게 일어나지 않았다. 그렇다고 멈출 수 없다. 그냥 하는 수밖에 없다. 일주일에 이틀쯤 운동을 쉬기도 하지만 다시 한다. 어른이 된다는 것 혹은 한 사람의 직업인이 된다는 건 그냥 해야 한다는 사실을 받아들이는 사람이 되는 것. 벗어날 수 없는 삶의 루틴을 견디고 때때로 즐기는 사람이 되는 것 아닐까.

달리기를 하면서 배운 게 하나 더 있다. 자기 속도로 뛰는 거다. 처음 달리기를 할 때는 더 빨리 뛰고 싶어 안달하는 편이었다. 최소한 평균속도를 킬로미터 당 4분 30초 내외로 유지하고 싶었다. 그래서 빠르게 뛰다 보면 숨이 가쁘고 힘이 들었다. 그런데 일본 만화책『마라톤 1년 차』에서 숨이 가쁘지 않은 속도가 자기 속도라고, 그 속도로 뛰어야 오래 뛸 수 있다고 했다. 그 이야기를 듣고 속도를 5분 10초에서 5분 30초 정도로 늦췄더니 신기하게도 힘들지 않았다. 헉헉거리지 않고 뛸 수 있었다. 더 오래 뛸 수 있었다. 더 빠른 속도로 뛰려고 노력할 필요가 있지만, 오래 뛰기 위해서는 나의 속도를 찾고 그 속도대로 뛰어야 했다. 사는 일도 마찬가지였다. 유명한 사람, 잘나가는 사람을 부러워하면서 뛸 필요가 없었다. 자기 속도로 꾸준히 뛰는 일이 가장 중요했다. 그러다 보면 나아지기도 하고, 오래 할 수 있다.

이제는 뛰다 보면 계절이 바뀌고 동네가 바뀌는 것이 보인다. '나이키 런 클럽' 앱의 기록만 보면서 뛰던 나는 동네의 풍경을 살피고 뒷산의 새소리에 귀 기울이는 사람이 되었다. 내일은 또 어떤 풍경을 마주할까. 오늘 아침 다시 신발 끈을 묶는다.

빵과 나

빵을 좋아한다. 식사빵도 좋아하고, 달콤한 빵도 좋아한다. 빵이라면 가리지 않는다. 어디를 가든 반드시 그 동네 맛있는 빵집을 찾아본다. 일 년에 두세 번 좋아하는 빵집 리스트를 정리해서 공개하기도 한다. 내가 빵 좋아하는 걸 아는 사람들은 다 안다. 빵집에 대해서나, 음악과 빵을 연결해 책을 써보라는 이야기를 여러 번 들었을 정도다.

어렸을 때 가장 흔하게 먹은 빵은 삼립 '보름달' 빵이었을 것이다. 가운데에 식물성 크림이 몰려 있고 설탕 알갱이가 씹히는 오래된 빵 말이다. 하지만 보름달 빵은 그다지 좋아하지 않았다. 빵은 역시 빵집에서 만든 게 맛있다. 처음 제과점 빵을 먹어본 건 국민학교 1학년 때쯤. 어머니의 절친이신 사촌 누님이 당시 강진에 살던 어머니를 만나러 오셨다. 두 분은 터미널 근처의 작은 제과점에서 만나셨다. 어머니는 나만 데리고 나가셨는데, 구리볼과 계피만주 같은 걸 앞에 두고 이야기를 나누셨다. 그런데 내가 '구리볼'과 '계피만주'를 계속 먹어댔던 모양이다. 어머니는 그때 좀 창피했다고 종종 이야기하신다. 사실 나는 그 순간이 기억이 나기도 하고 안 나기도 한다. 처음 먹어보는 부드러움과 달콤함에 정신이 나가 두 분이 무슨 이야기를 나누든 아랑곳하지 않고 계속 집어먹는 데 여념이 없었던 것 같기도 하다. 어쩌면 같은 이야기를 계속 듣다 보니 기억이 새롭게 만들어졌을지 모른다. 간식이라는 게 없던 시절이었다. 슈퍼마켓도 없던 동네였다. 그렇게 자란 시골 어린이에게 구리볼과 계피만주는 얼마나 놀라운 맛이었을지.

이듬해 목포로 이사 온 다음에는 제대로 된 빵집을 만났다. '콜롬방', '수문당', '석빙고', '문명당', '진고개' 같은 빵집에서 팔던 단팥빵과 소보루, 크림빵 같은 것들. 구리볼과 계피만주도 다시 만날 수 있었다. 하지만 빵을 자주 먹을 수 있는 형편은 아니었다. 그래서 내가 빵을 이렇게 좋아하는지 몰랐다. 대학 시절 학교 앞 작은 빵집에서 이따금 빵을 사 먹기도 했지만, 그때 나는 '몽쉘통통', '후레쉬베리', '카스타드' 같은 과자를 더 좋아했다. 토마토케첩을 뿌린 샐러드빵 류보다 크림과 초콜릿이 들어간 빵을 더 좋아하는 취향은 그때 이미 결정되어 있었던 것 같기도 하다.

사회인이 되어 대학로로 출근하던 시절, 대학로 '파리크라상'의 빵을 먹는 게 큰 즐거움이고, 이화여대 앞 '미고'의 빵을 좋아하면서 비로소 다른 사람들보다 빵을 훨씬 좋아한다는 것을 인정하게 되었다. 파리크라상의 화려한 빵들을 볼 때마다 설레고 들떴으니까. 하나라도 더 먹고 싶었으니까.

특히 몇 년 뒤 '폴앤폴리나'가 서울 마포구 홍익대학교 앞에 문을 열었을 때를 빼고서는 나의 빵 역사를 이야기할 수 없다. 근처에서 일하는 V형의 이야기를 듣고 처음 가봤던가. 고갯길을 올라가 작은 빵집에 도착했을 때, 빵을 사려는 사람들이 작은 가게 안에서 차례를 기다리고 있었다. 대체 어떤 맛인지 궁금해하던 내게 매대 앞 직원은 방금 나온 따뜻한 빵을 잘라주며 먹어보라 했다. 무심히 먹어보는데 세상에, 이런 맛이라니. 나의 빵 역사는 폴앤폴리나 이전과 이후로 갈라져버렸다. 빵이라면 단팥빵과 크림빵, 프레첼 정도만 알던 내게 폴앤폴리나는 바게트, 치아바타 같은 식사빵의 세계를 선보였다. 달지 않은 빵이 얼마나 맛있는지 일러주었다. 홍대 앞에 사람이 몰리기 시작하던 시절이었다. 근사한 디저트 가게와 카페들이 늘어가던 호시절이었다. 만인의 약속 장소였던 '리치몬드 과자'도 있었지만, 나는 폴앤폴리나와 퍼블리크를 더 좋아했다. 누군가를 만날 일이 있으면 퍼블리크에서 만나기도 했다. 홍대 앞에 나갔다가 가방에 폴앤폴리나의 빵을 담아 돌아오던 순간은 얼마나 흐뭇했는지.

2010년대에는 맛있는 빵집들이 수없이 늘어났다. 전국 각지를 가리지 않았다. 이제 사람들은 시내 중심가가 아니어도 맛있는 게 있으면 기꺼이 찾아가 먹고 소셜미디어에 자랑한다. 대전에 가는 사람들은 '성심당'의 빵을 사고, 목포에 가면 '코롬방제과'의 빵을 산다. 군산의 '이성당', 전주의

'풍년제과'도 유명하다. 맛있던 빵집이 순식간에 사라지고, 맛이 바뀌기도 했다. 하지만 다른 빵집들이 어서 오라 손짓하는 통에 그리워할 새가 없다. 나는 빵을 좋아하는 L형과 이따금 홍대 앞 빵집을 가보곤 했다. 빵 맛집을 적어두기 시작했으며, 사랑하는 빵집 순위를 만들기에 이르렀다.

언젠가부터 내 빵집 순위에서 1위는 대전의 성심당과 '성심당 케익부띠끄'가 독차지했다. 처음 성심당에 갔을 때, 성심당이 지금처럼 유명하지는 않았던 그때, 다른 곳에 없던 튀김소보로의 맛과 거침없이 시식 빵을 잘라주던 직원분들의 친절함을 잊을 수 없다. 그 후 대전에 갈 일이 있을 때면 반드시 성심당에 들렀다. 내게 대전은 성심당의 도시였다. 여름휴가를 대전으로 갔을 정도다. 빵에 대한 시야를 바꿔준 폴앤폴리나는 2위를 고수했다. 하지만 그 아래 순위들은 분주히 오고 갔다. 그런데도 아직 못 가본 빵 맛집들이 수두룩하다.

맛있는 빵집들이 늘어가고, 빵을 좋아한다고 공개적으로 말하기 시작하면서 사는 게 조금 더 즐거웠다. 내가 어렸을 때는 빵은 어린이들이 좋아하는 것이었다. 어른들은 술과 담배의 세계에서 살았다. 할아버지, 할머니가 되어서야 달

달한 주전부리를 좋아하는 식이었다. 하지만 이제 나이와 식습관, 혹은 취향은 별 관계가 없다. 오히려 나이가 들어도 자신의 취향이 명확한 사람, 좋아하는 무언가가 있는 사람, 더 좋은 걸 알아보는 감각이 있는 사람이 근사해 보인다. 평균수명이 길어지고, 생활수준이 올라갔으며, 취향과 관심을 과시해 자신의 이미지를 만드는 라이프스타일이 보편화되었기 때문일 것이다. 거창하지만 이것이 신자유주의 시대를 구성하는 욕망의 원리가 아닐까.

어쨌거나 책을 읽고 음악을 듣는 걸 좋아할 뿐, 별다른 취미가 없는 내게 맛있는 빵을 먹는 일은 유일한 취미 같다. 가보고 싶은 빵집에 가기 위해 일부러 집을 나서는 일은 거의 없지만 가보고 싶은 빵집 리스트를 정리하고, 이따금 그곳들에 가게 될 때마다, '도장을 깨듯 미션을 클리어하고' 조금은 다른 맛을 느낄 때마다 사는 재미를 느낀다.

삶은 본질적이고 의미 있는 무언가로만 채워지지 않는다. 하루 종일 본질적이고 의미 있는 무언가를 추구할 수 없다. 그런 삶은 너무 무겁다. 삶을 끌고 가는 것은 목표와 의미, 도전과 성취이기도 하지만 소소한 즐거움이기도 하다. 그 즐거움은 5월의 창문을 넘어 들어오는 달큰한 아카시아 향

기나, 직접 갈아 내린 핸드드립커피의 쌉쌀한 쓴맛에서도 온다. 새봄 연둣빛으로 싱그러운 새순을 발견하는 순간의 환희이기도 하고, 좋아하는 텔레비전 프로그램을 보면서 아무 생각 없이 웃을 때에도 피어난다. 거창하고 대단한 목표를 이루고 싶어서 살지만, 그건 언제 이루어질지 알 수 없다. 아니 그걸 이루지 못할 가능성이 높다. 하지만 맛있는 빵을 먹는 건 집에서 5분만 걸어 나가거나, 앱으로 주문만 해도 가능하다. 기쁨과 행복은 생각보다 가까이 있다. 빵이 나의 소확행이다.

그래서 맛있는 빵을 만드는 이들에게 늘 감사한다. 그들의 삶이 늘 똑같지 않더라도, 크게 다르지 않은 일을 날마다 반복하는 건 그들에게도 지루하고 재미없는 일일 수 있으니까. 장비를 정리하고, 밀가루를 치대 반죽하고, 오븐에 넣고, 빼서 진열하는 일을 일 년 내내 반복하다 보면 그만하고 싶을 수도 있으니까. 그런데도 그 일을 계속하는 덕분에 맛있는 빵을 먹을 수 있으니까. 먹고 살기 위해 하는 일일 뿐이라고 폄하할 수 있겠지만 그 일을 대충 반복하지는 않으니까. 맛있는 빵을 먹을 때면 나도 계속하고 있는 나의 일을 대충하지는 말아야겠다고 생각한다. 세상이 돌아가는 건 오늘도 누군가 어딘가에서 어제와 같은 일을 성의껏 해내고 있기 때문이다.

가진 게 많은 삶, 모순적인 나

집을 샀다. 그럴 계획은 없었다. 결혼할 때 사지 않기로 약속한 세 가지 중 하나는 아파트, 집이었다. 형편이 안 되기도 했지만 아파트(집)을 산다는 건, 아파트에서 산다는 건 세속적인 삶, 자본주의적인 삶 같았기 때문이다. 아파트에서 사는 이들, 아파트를 가지고 있는 이들을 비난할 생각은 없다. 다만 우리가 아파트(집)를 소유하는 삶을 살고 싶지 않았을 뿐이다.

결혼하면서 구한 집은 당연히 전세였다. 전망이 좋고 거실이 넓어서 편했지만, 언덕 위에 있어 다니기 불편한 다세대주택 꼭대기 층이었다. 꼭대기 층답게 여름에는 엄청나게 덥고 겨울에는 한없이 추웠다. 샤워를 하고 나오자마자 땀이 줄줄 흘렀고, 내복 위로 옷을 몇 겹이나 겹쳐도 추웠다. 그런 집에서 에어컨을 사지 않고 8년을 버텼다.(사지 않기로 약속한 세 가지 중 하나는 에어컨이다. 아직도 우리 집에는 에어컨이 없다.)

다행히 집주인분들은 좋은 분들이셨다. 8년 동안 전세를 1000만 원밖에 올리지 않으셨다. 그 덕에 대출 걱정, 이사 걱정 안 하고 살았다. 그런데 8년쯤 지났을 때 문제가 생겼다. 집주인이 집을 팔았기 때문이다. 새로운 집주인은 월세를 받겠다고 했다. 월세를 내게 되면 없는 형편에 원하지 않는 지출을 하게 되니 더 이상 이 집에 살 이유가 없었다. 이사를 가야겠다고 생각하고 전셋집을 알아보러 다녔다. 그러다 월세를 받지 않겠다는 이야기를 들었다. 그런가 보다, 계속 살면 되겠다 싶었다.

하지만 몇 달 뒤 아래층으로 이사 온 새로운 집주인은 전세를 5000만 원이나 올리겠다고 통보했다. 전세 재계약을 별로 남겨두지 않은 때였다. 2020년 서울의 집값이 요동치던 때였다. 알아보니 임대차보호법이 개정되어 기존 임대료의 5% 이상 임대료를 올릴 수 없었다. 우리 집의 경우 올릴 수 있는 금액은 1000만 원도 되지 않았다. 하지만 그 사람은 그런 법이 있다는 것조차 모르는 사람이었다. 그러면 적절하게 타협하면 좋을 텐데 막무가내였다. 전세를 1500만 원 정도만 올리면 안 되겠냐고 해도 통하지 않았다. 서로 언성이 높아졌다. 그 사람은 빚을 내서 집을 샀다고 말도 안 되는 사정까지 늘어놓았다. 우리 집을 맡은 공인중개사조차 제대로 중재하지 못했다.

버티려면 버틸 수 있었을 것이다. 우리에게 그 정도 깡다구는 있었다. 하지만 이렇게 막무가내인 집주인과 부딪치면서 불편하게 살고 싶지 않았다. 어찌어찌 2년을 산다고 해도 다시 계약할 때 부딪칠 게 뻔했다. 앞으로는 전세가 줄어들 거라는 세간의 예측도 영향을 미쳤다. 나는 이 집에서 계속 살아도 된다고 생각했지만 부인님은 별 미련이 없기도 했다.

이사를 가야겠다고, 집을 사는 게 낫겠다고 마음을 바꿨다. 살고 있던 은평구 연신내 주변 집들을 다시 샅샅이 뒤졌다. 홍제동과 연희동쪽도 알아보았다. 바쁜 와중에 집을 참 많이도 보러 다녔다. 집을 사지 않기로 한 원칙을 깨기로 했으니 아파트라고 가리지 않았다. 물론 우리의 형편이 넉넉하지는 않았다. 함께 모은 돈과 내가 따로 모은 돈을 다 털어 넣어야 했다. 양쪽의 어머님들에게 돈을 빌려야 했다. 대출도 받아야 했다. 그렇게 해서 집을 구했다. 예전에 살던 집에서 멀지 않은 '나홀로아파트'다.

사실 사고 싶은 집은 따로 있었다. 더 넓고 방이 많고 고급스러운 홍제동의 빌라였다. 나의 오래된 로망이었다. 하지만 그 집을 살 경우 죽을 때까지 대출금을 갚아야 할 판이었다. 그 동네가 재개발된다는 소식도 감점 요인이었다. 결국 가장 마음에 들지는 않았지만 덜 부담스럽고 두루두루 무난한 집으로 결정했다. 다행히 그 집의 주인 부부도 좋은 분들이었다. 모아둔 통장들을 해지하고 대출을 받고 돈을 빌렸다. 도배를 하고 장판도 다시 깔았다. 이사하던 날, 이삿짐이 다 빠졌을 때 8년 동안 살던 우리의 첫 집 곳곳을 사진 찍고 고맙다 말하고 나왔다.

집을 알아보러 다니면서 확인해보니 서울의 집값은 미친 듯 오르고 있었다. 우리가 산 집만 해도 2년 전쯤에는 절반 가격밖에 되지 않았다. 만약 우리가 결혼하던 2012년에 대출을 받아 이 집을 샀다면 대출을 다 갚고 차익을 얻을 수 있었을 정도였다. 하지만 나는 재테크에 관심이 없었다. 아니 그러면 안 된다고 생각했다. 어쭙잖은 좌파의 윤리 의식 때문이었다.

지역이 소멸하는 시대에 서울에 살고 있다는 사실만으로 정치적으로 올바르지 않은 것 같은 찜찜함이 있다. 좌파라면 수도권을 떠나 수도권 밖의 삶을 살아야 할 것 같다. 하지만 서울이 주는 온갖 편리함을 버리기는 불가능했다. 무엇보다 수도권 밖에 살 경우 지금처럼 일할 수 있을지 자신이 없었다. 나 역시 용기가 없는 뻔한 사람이었다. 불편함을 감당하고 더 대안적인 삶을 살지는 못하는 비겁한 사람이었다.

이사를 하지 않고 대차게 싸우며 버티는 방법도 있었을 것이다. 이사를 하더라도 다시 전세를 구하는 방법도 있었을 것이다. 하지만 나는 둘 다 선택하지 않았다. 자꾸 이사를 다니기 귀찮아서였을까. 집주인과 싸우기 싫어서였을까. 결혼하면서 정한 무주택의 약속을 너무 쉽게 깼다. 거부한다 말했던 아파트에 제 발로 걸어 들어갔다. 다른 동네의 아파트에 비하면 반의반의 반값도 안 되는 가격이었지만 자가는 자가였다. 아파트는 아파트였다. 10년만 대출을 갚으면 될 일이었다. 집을 사기로 결정하면서, 그리고 이사를 해서 살아가면서 나의 결심이 얼마나 허약한지 계속 생각했다. 그게 부끄러워 집 주소를 쓸 때마다 아파트라는 말을 빼고 쓴다. 우리 부부 둘 다 마찬가지다.

그럼에도 우리가 집을 가지고 있다는 것은 부정할 수 없는 사실이다. 비싸지 않다거나, 변두리라거나, 나홀로아파트라고 변명을 늘어놓더라도 사실 관계가 바뀌지 않는다. 다르게 살 수 있을 줄 알았던 나는 크게 다르지 않은 삶을 사는 중년이 되었다. 평생 가난하게 살 줄 알았는데, 가난하다고 말할 수 없는 삶을 살게 되었다.

거의 매일 가난한 사람들이나 그들을 위한 정치와 운동을 고민하는 사람들의 글을 읽는다. 그들의 글에 '좋아요'를 누르고 종종 공유한다. 하지만 지금 나의 삶은 그들과 다르다. 자발적 가난을 선택하거나 생태적인 삶을 모색하는 이들의 글을 읽고 꿈꾸었던 삶이 아니다. 5억이 되지 않는 서울 변두리 허름한 아파트라고 해도 나는 분명 집을 가진 사람이다. 대출금을 갚을 수 있는 사람이다. 가진 게 적지 않은 사람이다. 수입이 적지 않은 사람이다. 최소한 중위 수준은 되지 않을까.

그런데도 여전히 가난한 척해도 될까. 빈곤과 불평등을

고민해도 되는 것일까. 좌파라고, 좌파의 삶을 지향한다고 반드시 가난하라는 법은 없을 것이다. 넉넉한 재력으로 마르크스를 후원했던 엥겔스의 삶을 모르지 않는다. 게다가 우리가 엄청난 부자는 아니다. 우리 정도의 경제력을 가진 사람들은 곳곳에 수없이 많을 것이다. 그럼에도 뭔가 달라졌다는 사실을 부정할 수는 없다. 솔직히 말해 뭔가 해냈다는 생각도 든다. 어떻게 이런 게 가능한지 여전히 믿기지 않는 복잡한 마음이다.

어쨌건 서울에 산다는 건 편리한 일이고, 집이 있으면 걱정이 줄어든다. 그 덕분에 생기는 편안함은 달콤하다. 하지만 내가 이상적이라고 생각한 삶은 분명 이게 아니었다. 지금의 삶은 오히려 불가능하다고 생각했거나 경계했던 삶에 가깝다. 정치적으로 올바른 삶을 살아야 한다는 강박을 가진 나는 아직도 스스로와 타협하거나 나를 명쾌하게 설득하지 못했다. 정치적으로 올바르다고 생각해본 적 없는 삶을 선택한 나를 아직 용인하지 못했다. 나의 생각과 삶이 다르고, 이상과 행동이 다르다. 따지고 보면 이런 일이 한두 번이었을까. 나는 이렇게 모순적인 사람이다. 부정하지 않기 위해, 인정하기 위해, 감추지 않기 위해 쓰는 글이다. 그다음에 무엇을 할 수 있을까. 무엇을 해야 할까.

일 잘하는 사람

일 잘하는 사람을 좋아한다. 다들 그렇지 않을까. 일 못하는 사람과 일하는 건 고역이니까. 하지만 사람들의 생각이 다 똑같지는 않다. 어떤 사람은 일을 못하더라도 성격이 좋은 사람과 일하는 게 낫다고 생각한다. 내 경우는 반대다. 성격이 좋지 않더라도 일은 잘해야 한다. 나로 말하자면 성격도 별로이고, 일솜씨도 별로라고들 하겠지만 그럼에도 함께 일하는 사람은 일 잘하는 사람이면 좋겠다.

　일을 잘한다는 건 어떤 의미일까. 업무를 이해하는 능력과 실행하는 능력이 뛰어나다는 의미일 것이다. 그러려면 해당 분야의 판을 읽는 감각과 철학이 있어야 할 것이다. 실무능력도 갖춰야 한다. 충분한 네트워크도 필수이다.

　하지만 그것만이 전부는 아니다. 무엇보다 일을 하면서 맺는 관계를 잘 유지하고, 이견을 잘 조율하면서 결과물을 완성하는 능력이 중요하다. 자신의 목표와 원칙을 가지고 있지만, 일방적으로 강요하지 않고 자연스럽게 조정하고 설득하면서 시너지를 내는 사람. 그래서 같이 일하는 사람이 마음을 다치지 않고 진심을 다해 즐겁게 일하도록 만드는 사람. 일이 끝나도 같이 일하고 싶은 사람이 내가 생각하는 일 잘하는 사람이다.

　다행히 그런 사람을 몇 명 알고 있다. J는 그중 최고다. 내가 막 문화예술판에 들어왔을 때 알게 되었고, 몇 년간 함께 일했으며, 지금도 종종 안부 연락을 하는 사람. 그는 같이 일하는 사람을 기분 좋게 한다. 기분 나쁘지 않게 한다. 당연히 성격이 밝고 업무를 이해하는 능력이 뛰어나다. 기억력도 탁월하다.

무엇보다 그는 안 되는 사람, 안 되는 일과 싸우지 않는다. 옳지 않다고 생각하거나 동의할 수 없는 방향으로 일이 흘러가면 금세 발끈하고 전투적으로 시시비비를 가리려 하는 나와는 뿌리부터 다르다. 그는 말해봤자 듣지 않을 사람들과는 끝탕하지 않는다. 그나 나나 공공기관에서 시키는 일, 부탁한 일을 주로 하는 처지인데, 그는 일을 모르면서 자신의 이익과 권위 때문에 고집 피우는 책임자들을 애써 설득하지 않는다. 그래봐야 설득이 안 된다는 것을 알기 때문이다. 오히려 그 사람의 빈정이 상해 일이 안 되는 경우를 더 많이 보았기 때문일 것이다. 그는 어쩌다 그런 상황을 만날 때마다 무턱대고 열을 내는 내게 그런 사람들과 싸우느라 에너지를 낭비하지 마라고 충고한다. 그런 사람들일수록 두고두고 뒷담화를 하니 오히려 역효과가 난다고 가르쳐준다. 물론 나는 그런 이야기를 들어도 태도와 스타일을 금세 바꾸지는 못할 만큼 어리석다. 다만 이제는 지금이 싸워야 할 때인지, 아니면 받아들이고 포기해야 할지 생각해보는 습관이 생기긴 했다.

생각해보니 U도 비슷하다. 그가 환경단체에서 일하고 있을 때 처음 만났던 U는 약간 날건달 같은 인상이었다. 어울리지 않는 구식 선글라스를 쓰고 이따금 가벼운 욕설을 내뱉기 때문이었을 것이다. 하지만 20여 년쯤 계속 얼굴을 보다 보니 알게 되었다. 그도 일을 잘한다는 걸. 50대 중반인 그 역시 상황을 파악하는 능력이 탁월하고 일의 완성도에 대한 기준이 높다. 세상의 변화에도 늘 관심을 기울인다. 그렇지만 U 역시 J가 그러하듯 어지간해서는 고집을 부리지 않는다. 내가 고집을 피우는 바람에 U가 화를 낸 적은 있지만, 그는 판단이 빠르고 포기도 빠르다. 다른 사람들의 이야기를 충분히 듣고, 상황이 안 될 것 같으면 바로 접는다. 아등바등하지 않는다. 그 판단이 매우 빠른 데다 적절하고 감정적으로 싫은 티를 내지 않는다. 그새 속이 곪아 터졌을지 모르지만 덕분에 그가 하는 일은 대체로 자연스럽고 막힘이 없다. 기획자는 대나무처럼 바람이 불면 흔들리고 굽힐 줄 알아야 한다고 했던가. 덕분에 그와 함께 일하면 마음이 편하다. 탈이 나지 않는다. 나는 J나 U가 하자는 일은 무조건 같이하는 편이다.

함께 일한 사람은 훨씬 많다. 나름대로 일을 잘하는 사람도 많다. 하지만 같이 일할 때 가장 마음 편하고 다시 같이 일하고 싶은 사람은 둘뿐이다. 그렇다고 자주 같이 일을 하지는 못한다. 다만 일을 할 때 J와 U라면 어떻게 했을지 종종 생각해보곤 한다. 내가 그들처럼 일하지는 못하더라도 그들 덕분에 일에 대해 꽤 괜찮은 기준을 갖게 되었다. 그 기준에 맞춰 나를 점검하고 확인해볼 수 있게 되었다. 일 잘하는 사람에게 배울 수 있다는 것은 얼마나 다행인지. 막힐 때마다 물어볼 사람이 있다는 건 얼마나 행운인지. 나에게는 족집게 과외 선생님이 두 명이나 있다.

못 이룬 패셔니스타의 꿈

가지고 있는 물건을 좀처럼 버리지 못하긴 해도 물욕은 없는 편이다. 새로운 물건을 거의 사지 않으니 말이다. 세상의 소비자들이 나 같으면 경제가 망할 거라고 생각한 적도 여러 번이다. 소비는 죄악이라고 생각하기도 하고, 좌파는 소비를 멀리해야 한다는 강박이 남아 있는 데다, 형편이 안 되었기 때문이기도 하다. 그럼에도 오래도록 단념하지 못한 소비의 욕망이 있다.

바로 패셔니스타가 되고 싶은 마음이다. 스타일리시하게 옷을 잘 입는 사람이고 싶다. 특히 댄디한 패션을 선망한다. 이렇게 이야기하면 생활한복을 입고 다녔던 흑역사 시절이나, 여전히 운동권 반팔 티를 입고 다니는 요즘의 패션을 비웃을 사람들이 순식간에 모여들어 100장의 번호표를 낚아채며 앞다퉈 나의 후진 패션 감각을 증언하겠다고 야단일지 모른다. 치마를 입고 다니던 모습이나, 노란색으로 염색을 하고 매직스트레이트파마를 했던 모습, 그리고 애니메이션 영화 〈인크레더블〉에 나올 것 같은 안경을 쓰고 다니던 모습도 그들의 기억에서 삭제해야 할 텐데 걱정이다.

소심하게 변명을 하자면 뭘 몰랐고, 자의가 아니었다. 음치나 박치가 의지와 무관한 것처럼 나름대로 신경을 썼는데 영 어울리지 않는다는 걸 인식하지 못했다고나 할까. 사실 패션은 타고난 감각과 끊임없는 훈련의 결과일 거다. 어떤 색과 스타일이 잘 어울리거나 어울리지 않는지 알아야 하는데, 그러려면 계속 도전하고 시도해야 한다. 그런데 나는 생각만 하고 시도는 거의 하지 않았다. 귀찮기도 했고, 돈이 없기도 했으며, 뭘 어떻게 해야 하는지 몰랐다. 이따금 새 옷을 사기도 했지만 이미지를 바꿔주지 못하는 옷들뿐이었다.

결혼을 하고서야 부인님의 눈썰미 있는 지도와 응원 덕분에 흑역사 시절을 뒤늦게 졸업할 수 있었다. 젊은 부인님의 감각에 기댔다 해도 틀린 말이 아니다. 안 입던 조끼와 후드 티를 입어보고, 모자도 써보면서 내가 어떤 패션을 좋아하고 잘 소화하는지 뒤늦게 파악했다. 나는 흑백을 대비한 전통적이고 단정한 패션이 잘 어울리는 편이고, 젊은 패션도 제법 소화했다. 꾸준히 운동을 하는 것도 옷발을 만드는 데 도움이 되었다. 머리숱이 줄어들어 나이 들어 보이는 건 통탄할 일이지만, 머리를 자를 때는 늘 같은 숍에 가고, 오래 입을 만한 단정한 옷은 비싸도 과감하게 사기도 한다. 이제는 글을 쓰고 말을 하는 직업을 가진 사람은 슈트 차림을 해야 특유의 오라(aura)를 만들어준다는 것을 알기 때문에 필요한 자리에는 캐주얼 정장이라도 입고 가려고 노력한다. 40대 후반이 되면서 나이와 자리의 통념에 맞는 의상의 중요성을 깨닫게 되었다.

길을 걷다 보면 옷을 잘 입은 사람들이 무척 많아 자극을 받고 참고가 된다. 평균수명이 늘어나면서 요즘 사람들은 나이에 비해 젊게 입는다. 1980년대의 30대가 얼마나 나이 들어 보이게 옷을 입는지는 볼 때마다 놀라울 정도다. 반면 요즘엔 나이 들어 보이거나 패션 감각이 없어 보이면 자기 관리를 못 하는 증거처럼 여겨지기도 한다.

그런데 가장 열망하는 패션은 아직 도전하지 못했다. 바로 슈트와 넥타이 세트 패션이다. 성인 남성이라면 다들 입는 일반적인 양복 차림을 말하는 게 아니다. 드라마 〈스토브리그〉에서 남궁민이 입은 '말리본'의 슈트나 배우 이병헌이 곧잘 입는 전형적인 블랙슈트 같은 스타일리시한 느낌이 풍겨야 한다. 그만큼 단정하고 세련되고 깔끔한 슈트 패션이어야 한다. 물론 그건 그 배우들이니까 가능한 것이리라. 내가 같은 옷을 입는다고 그 오라가 나오지는 않는다는 걸 나라고 모를까. 그래도 달러 빚을 내서라도 한 번쯤 그런 분위기를 낼 수 있는 슈트를 입어보고 싶다. 스스로 반할 만큼 근사한 패션의 주인공이 되어보고 싶다. 내게 한 번쯤 그 정도 선물은 할 수 있는 것 아니냐고, 누구나 가산을 탕진하면서라도 하고 싶은 게 있지 않느냐고 우기면서. 겉치장하는 데 신경 쓸 게 아니라 내면의 아름다움을 가꾸는 게 중요하다고 속삭이는 목소리는 못 들은 척 외면하면서. 이 또한 다시 지우고 싶은 흑역사가 될지라도.

면 탐식자의 고백

국수, 면을 좋아한다. 아니 환장한다. 냉면, 라멘, 쌀국수, 우동, 잔치국수, 자장면, 짬뽕, 칼국수, 파스타를 가리지 않는다. 그뿐 아니다. 면 음식을 먹을 때면 항상 과식한다. 보통을 시킬까, 곱빼기를 시킬까, 이번에는 조금만 먹을까 고민하다가도 늘 곱빼기를 주문한다. 살을 빼야겠다고 생각하지만 결국엔 곱빼기를 시키고 마는 나는 면 중독자다.

내가 면 중독자라는 걸 언제 알았을까. 중학교 때 학교 앞 허름한 분식점에서 간장 양념만 대충 얹은 잔치국수를 팔았는데, 그게 그렇게 맛있었다. 하지만 용돈이 없던 나는 그조차 마음껏 먹을 수 없었다. 번번이 군침만 삼키곤 발길을 돌리다가, 가끔씩 집까지 걸어가던 날 쓰지 않은 시내버스 회수권들을 모아 내고 한 두어 번 사 먹었을 뿐이었다. 이제 생각해보면 나의 취향과 결핍은 오래전부터 스멀스멀 정체를 드러내고 있었다. 둔한 내가 미처 알아차리지 못했을 뿐이었다.

식도락의 경험이 전무했던 대학 시절을 보내고 30대가 되어서야 내가 면을 좋아하고, 순식간에 흡입하는 사람임을 알았다. 본격적으로 자전거를 타기 시작하면서 발견한 잔치국수 맛집들과 칼국수 맛집들은 내가 멸치 국물로 맛을 낸 육수 냄새를 맡으면 식탐이 무한 증식하는 사람이라는 것을 알게 해주었다. 한가득 담은 잔치국수 곱빼기를 먹어치우는데 10분도 걸리지 않을 정도였으니 말 다 했다.

잔치국수로 정체를 깨달은 면 중독자는 새로운 면 요리를 향해 진군했다. 감사하게도 30대로 접어든 2000년대부터 한국의 요식업과 음식문화는 폭발적으로 성장했다. 쉽게 접하기 힘들었던 다른 나라의 면 요리들이 하나둘 선을 보이더니, 식당이 늘어났을 뿐 아니라 어떤 집이 맛집인지 금세 알게 되었다.

그 무렵, 바쁠 때 가장 빨리 식사를 해결하는 방법은 중국집에 들어가 자장면을 먹는 것임을 알게 되었다. 보통 자장면은 시키면 5분이면 나왔고, 먹는 데 5분이면 충분했다. 자장면은 어딜 가도 실패할 확률이 낮았다. 반면 한번 먹어본 뒤 진한 돼지육수 냄새가 부담스러워서 좀처럼 먹지 않았던 일본 라멘은 국물, 차슈, 계란 각각의 맛을 즐기는 별미로 격상되었다. 베트남 쌀국수에는 고수를 듬뿍 넣어 먹게 되었고, 분짜는 자장면보다 빨리 흡입했다. 소개팅할 때만 폼 잡고 먹던 파스타는 집에서 후다닥 해 먹는 주말 음식이 되었다.

진입 장벽이 없었던 것은 아니다. 평양냉면이 난관이었다. 2000년대 초반 쯤 평양냉면이 맛있다는 이야기를 듣고 마포의 '을밀대'로 향했다. 면 음식이니 당연히 맛있을 거라 확신하고 일단 곱빼기를 시켰다. 이윽고 스테인리스 대접 한가득 냉면이 담겨 나왔다. 그런데 웬걸, 도저히 다 먹을 수 없었다. 잔치국수처럼 입맛을 돋게 하지 않는 냉면은 밍밍

해서 젓가락이 움직이질 않았다. 양도 너무 많아 아무리 먹어도 줄지 않았다. 기를 쓰고 먹었지만 곱빼기로 시킨 냉면을 보통 정도의 분량만큼이나 남겨놓고 퇴각할 수밖에 없었다. 그 후로 오랫동안 평양냉면은 기피 대상이었다. 2010년대 전후, 평양냉면이 힙스터의 음식으로 신분 상승하기 시작할 무렵에야 평양냉면에 재도전하면서 비로소 평양냉면의 맛에 적응했다. 나에게는 '을밀대'보다 진한 소고기 육수의 무게감이 묵직한 '우래옥'이 입맛에 맞았다. 의정부 평양면옥, 을지면옥, 봉피양, 능라도, 유진식당을 비롯한 다른 평양냉면들도 제각각 훌륭했다. 한때 평양냉면을 못 먹는 이들을 놀리기도 했지만, 사실 평양냉면은 나의 '최애'는 아니었다. 나는 잔치국수와 자장면이면 족한 사람이었다.

면 요리의 매력은 빨아들이듯 흡입하는 순간, 미끄러지듯 밀려 들어오는 면의 매끈한 질감에 있고, 동시에 혀를 적시는 국물과 소스의 맛과 조화에 있을 것이다. 면 요리마다 포진한 부재료들의 맛도 빠트릴 수 없다. 평양냉면에 들어간 오이절임의 아삭한 맛이나 짬뽕에 들어 있는 탱글탱글한 홍합의 식감을 천천히 음미하는 일은 면 요리를 대하는 예의이다.

하지만 어떤 면 요리는 너무 비싸게 느껴지고, 평양냉면 전문점의 순위를 매기는 게 무슨 소용인가 싶다. 면 요리마다 다른 맛과 운치가 있을 뿐이라고 생각하게 된 탓이다.

아무리 붐비는 식당에서도 나의 속도와 방식으로 면 요리를 즐기고 싶다. 한낮에 을지로 냉면집에서 맑은 소주를 마시며 냉면 국물을 들이켜는 어르신들은 얼마나 즐거워 보이는가. 자장면과 짬뽕 중에 뭘 먹을지 고르는 일은 번번이 얼마나 소소한 재미인가. 여태 먹어온 면들이 그러했듯 앞으로 먹을 면들도 볼이 터질 듯 웃음 짓게 해줄 것이다. 국수 한 그릇이면 충분하다.

그 새벽이 묻는다

3

삶

나는 가난을 모른다

　　나는 가난을 모른다. 어렸을 때 초가집에서 살기도 했고, 단칸방에서 지내기도 했지만 경찰 공무원이던 아버지 덕에 찢어지게 가난하지는 않았다. 그렇다고 풍족하게 살지도 못했다. 어머니는 항상 돈이 없어서 뜨개질 같은 부업을 해야 했다. 용돈을 넉넉하게 받았을 리도 없다. 도시로 이사와 잘사는 친구들 집에 놀러 가면서 비로소 부잣집은 어떻게 다른지 알게 되었다. 부자인 친구 집은 집 안의 공기가 달랐다. 집 안에 흐르는 빛의 색이 달랐다. 하지만 한 때나마 단칸방이었던 우리 집이 부끄러운 적은 없었다. 그래서 친구들을 곧잘 데려와 놀았다.

사실 단칸방에서는 금세 벗어났다. 방 두 칸짜리 2층 전셋집에서 살던 시절, 어떤 집에서는 물이 잘 안 나오고, 어떤 집에서는 화장실 냄새가 심해 괴롭기는 했다. 주인집에서 싫어하니까 시끄럽게 하지 말고 조용히 하라는 어머니의 잔소리를 많이 들었고, 그게 싫었지만, 가난이 나를 괴롭게 하지는 않았다. 나는 뭘 잘 모르는 어린아이이기도 했고, 그때는 아직 다른 사람과 비교하는 스타일이 아니었다.

그런데 목포에도 달동네가 있었다. 친구 B는 그곳에 살았다. 딱 한 번 그 집에 가보고 충격을 받았다. 아마도 좁은 골목길 양쪽으로 다닥다닥 붙은 집들이 마주 보는 달동네 집 중 하나였을 것이다. 그 집에는 대문이 없었다. 마당이 없었다. 옆으로 미는 새시 문을 덜컹 열고 들어가면 바로 부엌이 있는데, 단칸방이 붙어 있는 집이었다. 그만그만한 친구 집들을 쏘다니며 놀았지만 이런 집은 처음이라 낯설고 당황스러웠다. 그때 놀란 내 표정 때문에 친구가 상처를 받지는 않았을까.

생각해보면 가난한 집의 친구들은 입는 옷이 달랐고, 어울리는 친구도 달랐다. 1980년대 초반에도 사는 동네에 따라 어울리는 친구들이 결정되었다. 시내 중심가에 사는 친구들은 그들끼리 어울렸고, 바깥쪽에 사는 친구들은 그들끼리 놀았다. 물론 같은 반에서 어울려 놀기도 했지만, 친구들의 세계는 모두 달랐다. 어른들은 다 알고 있었을 것이다. 집에 어떤 가전제품이 있는지 가정실태조사를 하던 시대였으니 친구들도 느끼고 있었을 것이다. 다만 둔한 내가 잘 몰랐을 뿐이다.

중학교 때는 신문을 돌리며 아르바이트를 하는 친구가 있었지만, 인문계 고등학교로 진학하면서 가난한 친구를 만나기는 어려웠다. 그런 친구들은 대부분 공고나 상고에 갔기 때문이다. 1990년대 말 '오마이스쿨' 바람이 불면서 국민학교 동창들을 다시 만났을 때에도 대학에 가지 않은 친구들은 대부분 나타나지 않았다.

다행히 우리 집은 부자는 아니었지만 가난하지 않아, 대학에 갔을 때 등록금이 없어 발을 동동 구르지 않았다. 등록금을 내기 위해 아르바이트를 하지도 않았다. 대학 시절에는 부모님이 보내주신 돈으로 하숙을 하면서 살았다. 풍족하진 않았지만 대학을 졸업할 때까지 부모님에게 용돈을 받아 썼다. 나는 그게 얼마나 편하고 복 받은 일인지 몰랐다. 등록금을 벌기 위해 아르바이트를 하는 이들이 있었지만, 나는 그들과 나의 차이에 무심했다. 매달 하숙비와 용돈으로 50만 원 이상씩을 꼬박꼬박 보내기 위해 부모님이 얼마나 애쓰는지 생각해보지 않았고, 군대에 다녀온 뒤에도 부모님께 용돈을 받아 쓴다는 것을 부끄러워하지 않았다. '민족의 운명을 개척'하기 위해 데모하며 살았지만 부모님의 삶을 함께 짊어지지 않았다. 그만큼 철이 없었고 이기적이었다.

대학을 졸업하고 서울로 올라왔을 때에도 부모님 덕분에 변두리 고갯길 반지하방일망정 작은 방이 세 개나 있는 전셋집에서 살 수 있었다. 물론 활동가로 살던 시절의 생활은 빠듯했다. 프리랜서로 음악 평론을 시작했을 때에도 마찬가지였다. 비로소 내가 벌어 사는 시간이었지만 한 달에 100만 원도 못 벌 때가 많았다. 그러다 보니 가스와 전기 요금이 밀렸고, 곧 끊겠다는 계고장을 여러 번 받았다. 사실 그때에도 돈이 아주 없진 않았다. 운 좋게 살던 집의 소유권이 서울주택공사(지금의 SH)로 바뀌면서 전세 보증금 절반인 1800만 원을 돌려받은 덕분이었다. 하지만 그 돈을 쓰면 안 될 것 같아 쓰지 않고 버텼다. 어머니가 이따금 김치와 반찬을 보내주신 덕분에 배를 곯지는 않았다. 허름하고 궁색한 시절이었지만 굶어야 하거나 움직이지 못할 정도는 아니었다. 이따금 막막한 순간들도 있었지만 버틸 수 있을 정도의 일이 계속 연결되었고, 덕분에 살 수 있었다.

다른 사람들이 보기에는 음악 평론만 해서 어떻게 먹고 사는지 심히 걱정되었을 것이다. 그래서 돈이 없다는 이야기를 소셜미디어에 올렸을 때, 쌀을 보내주거나 김치를 보내주신 분도 있었다. 그런 마음 덕분에 버틸 수 있었고, 술을 사주고 밥을 사준 이들, 일을 시켜준 이들 덕분에 빈곤을 면할 수 있었다. 음악평론가로 살기 위해 아무 일이나 닥치는 대로 하지 않고 살 수 있었다. 돈이 없어 수많은 것들을 포기하거나 외면하지 않고, 그때마다 참담해지지 않고, 스스로를 모욕하지 않고, 최소한의 품위를 잃지 않고 살 수 있었다. 경찰공무원인 아버지와 뼈 빠지게 일하신 어머니 덕분이다. 대학에 다닌 덕분이고, 문화예술계에서 일하면서 이런 저런 관계들에 힘입어 공짜로 공연도 보고 행사도 다닌 덕분이다. 어설프지만 음악평론가의 권위와 운동권 경력이 방패가 되지 않았을까.

변변치 않은 형편으로 살아왔지만 '절대빈곤'이었던 적은 없다. 가난한 사람들에 비해서는 늘 많이 가졌다. 그런데도 가난한 척하는 것 같아, 가난하지 않다고 말하지 않은 것 같아 항상 내심 민망하다. 가난하지 않으면서 가난한 이미지를 사용하는 것은 얼마나 뻔뻔한 일일까. 한 번도 가난해본 적 없고, 가진 것이 계속 늘어나는 삶을 살면서, 빈곤 때문에 내몰리고 죽어가는 이들의 뉴스에 참담해하는 내 모습이 모순적이라는 생각을 안 할 수가 없다. 살림이 늘어날 때마다 이만큼의 돈을 다 운동을 위해 쓰지 않는 자신이 부끄럽다. 실제로 가난한 동네에서 가난한 사람들과 나누며 사는 이들의 소식을 들을 때면 부끄러움은 더 커진다. 나는 큰 어려움 없이 살아온 사람이고, 삶의 지향과 실제의 삶이 판이하게 다른 사람이다. 부끄러워할 뿐 포기하거나 버리지 못하는 비겁한 사람이다. 나는 아직도 가난을 모른다.

도벽의 기억

       가끔 물건을 훔치곤 했다. 대단한 건 아니었다. 동네 슈퍼마켓에서 초콜릿을 슬쩍하는 정도랄까. 살 수 있는 형편이 안 돼서 훔치는 건 아니었다. 법과 질서 따위는 어떻게든 되어도 좋다고 거창하게 생각한 것도 아니었다. 심심해서, 혹은 삐딱하게 엇나가고 싶어서, 그 순간의 짜릿한 기분을 즐기기 위해서 아니었을까. 물론 그만둔 지는 오래되었다. 나의 일탈을 위해 누군가에게 피

해를 입혀서는 안 될 일이고, 행여 들키기라도 하면 문제가
복잡해질 테니까.

　나의 자잘한 도벽은 대체로 성공했지만, 아직 음악평론가
가 아니었을 때는 겁도 없이 대형 음반 매장에서 음반을 훔
치다 걸린 적도 있었다. 도난 방지용 검색기가 설치되어 있
는 곳이었는데, 무슨 배짱으로 음반을 가슴속에 숨긴 채 나
가려 했을까. 만약 경찰을 불렀다면 난감했을 텐데.

　사실 흑역사는 아주 오래전에 시작되었다. 국민학교 3학
년쯤이었을까. 처음 목포에 와서 살던 단칸방 옆집 친구가
쓰던 샤프를 훔쳤다. 연필밖에 안 써봤는데 처음 본 샤프는
정말 신기하고 탐이 났다. 그래서 슬쩍 들고 와 오후 내내
썼다. 떨리고 두려웠지만 누르면 샤프심이 나오는 게 그저
재미있었다. 죄책감과 쾌감이 섞이고 격렬하게 싸웠던 순
간의 기억. 하지만 나의 절도 행각은 금세 들통났다. 저녁 무
렵 그 집에서 사라진 샤프를 찾으러 왔고, 나의 절도는 거기
서 끝이 났다. 내가 훔쳤다고 고백했고, 어머니는 집에서 쫓
아낸다고 할 만큼 혼을 내셨던 것 같다. 막상 그렇게 들키고
나니 너무 부끄러웠다. 며칠 동안 집 밖으로 나가지 못할 정
도였다.

중학교 때는 학교 앞 서점에서 수영복 사진을 잔뜩 넣은 잡지를 훔친 적도 있었던 것 같다. 그걸 책상 서랍 아래 틈에 숨겨놓고 혼자 보곤 했다. 지금 생각하면 쓴웃음이 나오는 일이지만, 욕망이 분출하던 시절의 청소년은 뭐가 중한지 알 리가 없었다.

생각해보면 내가 저질렀던 악행과 비행이 그뿐이었을까. 아무리 시간이 지나도 부끄럽기만 한 일들이 곳곳에 문신처럼 새겨져 있다. 지울 수 없고 부정할 수 없는 일들. 그럼에도 세상사의 시시비비를 논하고 아름다움을 이야기하는 자신이 자주 가증스럽다. 내 삶의 8할은 부끄러움과 미안함이다. 평생 껴안고 살 수밖에 없는 부끄러움과 미안함.

어리지만 나빴던 날들

어리다고 순수하다고 생각하지 않는다. 어린이는 다른 이들에게 상처를 주지 않는 무해한 존재라고 생각하지도 않는다. 어려도 얼마든지 상대를 찌를 수 있다. 말로 아프게 할 수 있고, 손과 발로 때릴 수 있다. 어른들을 보고 배웠거나 제 안의 어둠이 튀어나왔기 때문일 것이다. 이유는 다양하고 다 알기 어렵다.

국민학교 6학년 때, 반장을 했던 C가 눈물을 터뜨렸던 순간을 잊을 수 없다. 내가 다닌 국민학교는 한 해를 1, 2, 3, 4 기로 나누어 네 명의 반장과 부반장을 뽑았다. C는 그중 2기의 반장이었는데, C는 드문 여학생 반장이었다. 문제는 남학생들이었다. C는 성격이 활달하고 강한 편이었으며, 남학생에 비해 성장이 빠른 국민학교 6학년 여학생답게 어른스럽기도 했지만, 몇몇 남학생들은 좀처럼 C를 반장으로 존중하지 않았다. 자꾸 약을 올리고 무시하는 바람에 C는 좀처럼 기를 펴지 못했다. 왈가닥이었지만 상처를 잘 받기도 했던 C는 그게 너무 힘들었는지 어느 날 엉엉 울고 말았다. 지금도 너희들이 나를 한 번이라도 반장으로 인정했느냐며 울던 C의 목소리가 들리는 것만 같다.

그 때 친구를 놀리는 방법 중 하나는 화장실에 낙서를 하는 것이었다. 누구랑 누구랑 얼레리 꼴레리 한다고 써두는 사건이 여러 번 있었다. 내 이름은 화장실 벽에 자주 등장했다. 지금 생각하면 웃고 말 일이라고 생각하겠지만, 어렸을 때는 그게 그렇게 짜증이 났다. 좋아하는 아이랑 얼레리꼴레리 한다고 했으면 혼자 웃기라도 했을 텐데, 좋아하지도 않는 여자아이랑 얼레리꼴레리 한다고 써두니 더 짜증이 났다. 대체 누가 왜 그러는지 알 수 없어서 어리둥절했고, 낙서를 보고 놀려대는 이야기를 듣는 것도 힘들었다.

친구들은 이름을 가지고도 자주 놀렸다. 나는 떡갑이, 육 갑이, O갑이라는 이야기를 하도 많이 들어 이름을 바꾸고 싶을 정도였다. 툭툭 치고 약 올리며 괴롭혔던 친구 둘을 생 각하면 지금도 마음이 답답해진다. 그 친구들이 길을 가다 자주 넘어지기라도 했으면 좋겠다 싶었다.

괴롭히는 방법은 그것만이 아니었다. 아예 무시하는 방법 도 있었다. 국민학교 6학년쯤 되면 세상만큼 나쁠 줄 알았 다. 우리는 산동네 언덕 허름한 집에 살던 U를 없는 사람 취 급했다. 가난하기 때문이었을까, 아니면 못생기고 공부를 못해서였을까. 늘 머리가 부스스하고 얼굴이 부어 있는 것 같았던 그 친구는 못난 아이의 대명사였다. 여자아이들끼리 는 그 아이에 대해 어떻게 말했는지 모르겠는데, 남자아이 들끼리는 그 아이를 좋아하냐고 묻는 게 놀리는 방법이었 다. 우리는 그 친구와 놀지 않고 다른 친구들과 놀아도 되었 지만, 그 친구가 다른 아이들과 노는 모습을 좀처럼 보지 못 했다. 이제와 생각하면 도통 다른 이들과 어울려 놀지 않던 그 아이가 국민학교 6학년 1년을 어떻게 견뎠을까 싶다. 때 리지 않고 괴롭히지 않았지만 때리거나 괴롭히는 것보다 더 잔인했을 친구들의 모습 속에 나도 함께였다는 생각을 하면 어떤 변명도 할 수 없다. 벌써 30년이 더 된 일이고, 그 친구의 삶이 거기서 끝나지 않았으며, 내가 아는 것이 그 친구의 학교생활 전부도 아니었다 해도, 날마다 바늘로 찔리는 것처럼 소외된 채 친구들의 말과 시선을 지켜보아야 했을 U의 마음이 어떠했을지 생각해보면 한없이 무참하다.

어쩌면 어린이는 어린이가 할 수 있는 만큼 잔인했던 것이 아닐까. 자기가 무얼 잘못했는지 모르면서. 자기가 무얼 잘못했는지 잊어버리면서. 뒤늦게 후회하지만 끝내 누군가의 가슴에 박은 대못을 빼지 못하면서 그렇게 어른이 되는 것은 아닐까.

40년 만의 강진

         2021년 여름휴가 때 어머니와 함께 전남 강진에 잠깐 다녀왔다. 40여 년 전 잠시 그곳에 살았기 때문이었다. 파출소 말단 순경이었던 아버지와 아직 20대였던 어머니, 그리고 막 국민학교에 들어간 나와 개구쟁이였던 동생이 그곳에 살았다. 오래 산 건 아니었다. 우리는 1979년부터 1981년까지 3년쯤 그곳에 머물렀다.

  목포로 이사 오기 전, 짧았던 강진살이는 무수한 첫 기억을 남겼다. 우리 식구가 살던 초가집은 비가 오면 볏짚 썩은 물이 떨어졌다. 오리를 키우는 마당 평상에 앉아 오리 요리를 먹기도 했다. 오리는 아무 데나 알을 낳기 때문에 눈이 내리면 밟아 깨트릴 때가 많았다. 동생이 키우던 강아지가 차에 깔려 죽은 뒤, 내가 키우던 강아지를 어머니가 팔아버린 걸 알고 찾으러 가겠다는 동생과 나를 어머니가 가로막는 사이, 밖에서 강아지 우는 소리가 나던 순간은 죽을 때까지 못 잊을 것이다. 신작로에서 광주항쟁 시민군을 맞던 기억도 마찬가지다. 동네의 자매와 놀던 순간이나, 동네 부잣집 친구 집에서 카세트테이프를 들으며 놀던 추억, 누군가의 집에서 상을 치르면서 마당 볏단 안에 시신을 둔 걸 보고 충격을 받았던 기억도 생생하다. 마당 가득 떨어지던 감꽃이나 오디를 따 먹었던 기억도 떠오른다. 하지만 아버지가 어머니를 퍽퍽퍽 때리던 소리와 다음 날이면 무릎 꿇고 빌던 아버지의 모습은 그만 잊어도 좋을 것이다.

좋았던 날은 많지 않았으나 좋았던 날들만 추억이 되는 것은 아니다. 지나간 시간은 많은 것들을 그립게 한다. 그래서 몇 해 전, 일 때문에 강진을 갔을 때 부러 그 동네까지 가보았는데 도무지 옛집을 찾을 수 없었다. 아무래도 어머니를 모시고 가야 할 것 같았다. 어머니가 더 늙기 전에 같이 가봐야 할 것 같았다.

함께 여름휴가 여행을 떠났던 처제 차에 어머니를 모시고 강진으로 향했다. 차 안의 식구들은 대선후보 이야기를 하는데, 강진이 가까워질수록 나는 자꾸 눈물이 났다. 왜인지 알 수 없었다. 떠나간 아버지가 보고 싶었는지, 이제는 너무 늙어버린 어머니가 서러웠는지 도무지 알 수 없었다.

40년이 지났는데 옛 동네 앞길은 여전히 2차선이었다. 동네 앞 국민학교도 그대로였고, 아버지가 다니던 파출소도 마찬가지였다. 하지만 동네 집들은 조금씩 달라져 있었다. 한 집에만 산 줄 알았는데 어머니는 우리가 한 번 이사를 했다고 했다. 그리고 동네에 누가 누가 살았다고 오래도록 잊고 살던 이름들을 부르셨다. 형제가 여럿이고 가난했던 친구 M과 다른 이들의 이름을 계속 끄집어내셨다. 아쉽게도 옛집 골목에는 오가는 사람이 아무도 없었다. 그럼에도 우리가 살았던 골목길을 여러 번 오가는 사이 어머니의 기억이 차츰 돌아왔다. 어느 집 대문을 찬찬히 살펴보니 40년 전 친구 M의 이름이 함께 적혀 있었다. 세상에, 그 식구들이 아직 이곳을 떠나지 않은 모양이었다. 때마침 지나는 동네 분

에게 여쭤보니 아쉽게도 그 집은 비어 있고, 가끔씩만 찾아
온다 했다.

시간이 많지 않아 이제 그만 떠나려는데, 처음에는 시큰
둥하셨던 어머니의 발걸음이 쉬 떨어지지 않았다. 다시 2차
선 신작로 앞 버스 정류장까지 걸어가신 어머니는 버스를
기다리는 어르신들에게 길 건너편 미용실에 대해 물으셨다.
그 미용실이 예전부터 그곳에 있었고, 주인도 그대로라는
말을 듣자마자 어머니는 내가 말릴 틈도 없이 미용실로 들
어가 주인아주머니를 찾으셨다. 40년 이상 그 자리를 지켰
다는 미용실의 주인아주머니는 나와 함께 국민학교를 다녔
다는 둘째 딸 H의 어머니셨다. 나는 기억조차 나지 않는 둘
째 딸의 이름을 부르고, 서로의 마스크를 내려 보이고서야
기억을 맞춘 두 분은 한없이 반가워하셨다. 40년의 시간이
순식간에 지나가고 '오매, 오매' 하는 전라도 사투리가 뒤섞
이는 사이 내가 훌쩍 자라고 늙어버린 것 같았다.

낡은 미용실에는 평생 땅에 붙박여 사셨을 검은 얼굴의
할머니들이 제멋대로 누워 수다를 떨고 있었다. 파마머리를
말고 있던 미용실 주인아주머니와 길게 이야기를 나눌 수
있는 상황은 아니었다. 그렇지만 그분이 계시지 않았다면

어머니와의 추억 여행은 얼마나 아쉽게 마침표를 찍었을까.

누군가는 죽고, 누군가는 광주에 살고 있다는 소식을 안고 돌아오는 길, 40년 전의 나는 40년 뒤에야 어머니와 함께 이곳을 다시 찾게 될 거라고 상상이나 했을까. 40년 내내 동네에서 미용실을 하신 그분도 이곳에서 계속 머리 손질을 하며 늙을 줄 몰랐을 것이다. 40년도 순식간이었다. 40년의 시간을 보내고서야 알게 된 것은 내가 아무것도 모른다는 사실이었다. 그걸 알고 받아들이는 데 40년이 걸렸다. 다시 40년이 지났을 때 누가 그곳에 남아 있을까. 누가 우리가 그곳에 있었다는 것을 기억할까. 다시 모르고 영원히 모를 삶.

누가 나를 글 쓰게 이끌어주었을까

'결정적 계기'라는 말을 좋아하지 않는다. 마음이 너무 널뛰기 때문이다. 인생은 변화무쌍해 알 수 없고, 사람은 단번에 바뀌지 않는다고 생각하기 때문이다. 그래서 어쩌다 글을 쓰게 되었냐고 물으면 무어라 말해야 할지 난감하다. 그러게, 어쩌다 글을 쓰게 되었을까. 어쩌다 글 같은 걸 쓰면서 살게 되었을까.

어쩌면 책을 좋아했기 때문이지 않을까. 어렸을 때부터

책이 좋았다. 국민학교 1~2학년 때부터 책을 좋아했다. 친구 집에 가면 늘 책꽂이에 먼저 눈길이 갔다. 책을 좋아하다 보니 저절로 글을 쓰게 되었다,라고 말하면 얼마나 자연스럽고 근사한 흐름인지. 사실 아주 틀린 이야기가 아니기도 하다.

하지만 문득 다른 이야기가 나를 물끄러미 바라본다. 중학교 3학년 때 교내 백일장이 열렸다. 전교생이 의무적으로 시나 산문을 한 편씩 써서 냈는데, 아무 생각 없이 쓴 산문이 덜컥 최고상을 받았다. 국민학교 때 선생님에게 장난치려다 크게 혼났던, 부끄럽기도 하고 화가 나기도 한 이야기였다. 당시 국어 선생님이셨던 강정순 선생님이 심사를 맡으셨는데, 그즈음 일이 있어 교무실에 갔을 때 선생님이 말씀하셨다. 민갑이가 이렇게 글을 잘 쓰는지 몰랐다고. 나도 선생님이 이렇게 내 글을 칭찬할지 몰랐다. 기분이 좋았지만, 한 번도 글재주가 있다고 생각해본 적이 없어서 그런가 보다 하고 말았는데, 덜컥 최고상을 받으니 얼떨떨했다.

그날 이후, 문학 소년이 된 것은 아니다. 글을 잘 쓴다고 생각하게 되지도 않았다. 다만 어떤 글이든 써볼 수는 있겠다고 생각하게 되었다. 그때 선생님이 전해주신 것은 삭막

194

했던 중학생 시절 드물었던 칭찬만이 아니었다. 선생님은 나의 가능성을 알아봐주셨고, 어린나무에 물을 주듯 응원해주셨다. 강정순 선생님과 교무실 옆자리 앉아 계시던 박미애 선생님이 한 권씩 빌려주셨던 책들을 좀처럼 잊을 수 없다. 『나의 라임오렌지 나무』와 『비밀일기』였다. 한 권은 눈물 흘리며 읽었고, 한 권은 킬킬거리며 읽었다. 태어나 처음으로 책을 읽는데 눈에서 물이 흘러내리는 신기한 경험을 하며 나는 얼마나 당황스러웠는지. 몸도 마음도 쑥쑥 자라는 천둥벌거숭이 시절, 하지만 내 마음을 비춰주는 거울 하나 갖지 못했던 그때, 빌려주신 책은 나에게 아직 만나지 못한 내가 있다는 것을, 수면 아래 꿈틀대는 내가 있다는 것을, 한 권의 책으로 얼마든지 사람을 울리고 웃길 수 있다는 것을 어렴풋이 알게 해주었다.

그래서였을 것이다. 고등학생이 되었을 때 문학 동인회 멤버를 찾는 학교 선배를 찾아가 함께 하겠다고 말할 수 있었던 것은. 그 칭찬이, 그 수상 경력이 나에게 믿는 구석이 되어주었기 때문이었다. 덕분에 문학 동인회에 가입해 시를 쓰기 시작했다. 그러다 글 쓰는 사람이 되고 싶다고 생각하게 되었다. 결국 국어국문학과에 갔고, 글을 쓰고 싶다는 생각을 품은 채 살게 되었다. 시작은 선생님의 칭찬이었다. 나보다 먼저 내 가능성을 귀띔해주신 선생님 덕분이었다.

어떤 만남은 등대처럼 삶의 경로를 찾아준다. 이제는 그 학교에 계시지 않는 선생님, 오래지 않아 교사직을 그만두셨고 이제는 연락이 되지 않는다는 선생님은 내가 이렇게 가끔씩 선생님을 생각하는 걸 알고 계실까. 아직 학교에 남아 계신 박미애 선생님은 나를 전혀 기억 못 하셨지만, 꼭 한 번 박미애 선생님과 함께 선생님을 만나고 싶다. 선생님께 내가 쓴 책을 모두 드리고 싶다. 선생님이 대견해하는 눈길로 머리를 쓰다듬어주시면 얼마나 행복할까. 목포 문태중학교 국어 선생님이셨던 강정순 선생님.

고향 사투리를 안 쓰는 사람

나는 전라도에서 태어났다. 태어난 곳은 순천인데, 전근 다니는 아버지를 따라 승주와 강진 등지에서 잠깐 살다가 목포로 이사 갔다. 초중고등학교를 모두 목포에서 마쳤으니 목포 사람이라 해도 무방할 것이다. 전라남도 서부권 중심 도시인 목포 사람들은 당연히 사투리를 쓴다. 신안의 섬과 맞닿은 항구도시이다 보니 목포의 사투리는 거칠고 강한 편이다. 사람들은 전라도 사투리가 다 똑같다고 생각하지만, "거시기", "허벌나게" 운운하며 방송과 영화에서 희화화되는 전라도 사투리는 대부분 전라남도 서부권 사투리이다. 전라북도와 경상남도가 가까운 구례, 광양, 순천, 여수 같은 동부권 사투리는 판이하게 다르다.

어렸을 때는 내가 사투리를 쓰는지 안 쓰는지 몰랐다. 다들 사투리를 썼으니 비교할 대상이 없고, 비교할 필요도 없었다. 그런데 고등학생이던 언젠가부터 전라도 사투리가 듣기 싫어졌다. 전남 서부권 사투리 특유의 투박하고 거친 표현이 거슬렸다. "와따메"라든가 "하랑께", "쓰겄냐" 같은 표현들이 거북스러웠다. 다정하지 않아서 싫었고, 시비 걸고 싸우는 것 같아 싫었다. 촌스럽고, 섬세하지 않은 말 같았다. 지적이지 않은 말처럼 느껴졌다.

그래서 의도적으로 사투리를 안 쓰기 시작했다. 대신 텔레비전에서 본 서울말을 흉내 냈다. "했니?"와 "했어?" 같은 표준말의 표현과 억양을 입에 붙이려 한 것이다. 억양도 주의하고, 표현도 조심했다. 언어에 관심이 많았던 탓에 어떤 표현이 사투리이고 어떤 표현이 표준말인지는 알고 있었다. 안 쓰면 고쳐질 줄 알았다. 서울 사람처럼 말할 수 있을 줄 알았다. 수도권 대학에 다니고, 서울특별시민으로 20년 이상 살면서 전라도 말투를 버렸다고 생각했다.

아니었다. 노력해서 되는 일이 아니었다. 전라도에서 산 시간은 20여 년뿐이었고, 이제는 전라도 밖에서 산 시간이 더 길어졌지만 한번 입에 들러붙은 사투리는 영영 떠나지 않았다. 사투리와 작별했다고 생각한 건 나만의 착각이었다. 부인님의 친구 중에 전라도 광주 출신인 H는 나와 이야기를 할 때마다 내가 완전 전라도 억양이라고 낄낄거렸다. 내가 보기엔 H야말로 빼도 박도 못하는 전라도 '네이티브 스피커'였는데, 그가 그렇게 말하니 아니라고 우길 수 없었다. 인정하고 사는 수밖에 없었다. 세상에는 여전히 전라도 사투리를 쓰고 있다는 걸을 모르는 전라도 출신 서울 사람이 적지 않다. 그 사람들의 사투리를 금세 알아차리는 나는 고향이 어디시냐고 물으며 웃곤 한다. 정보석처럼 전라도 억양을 완전히 감추지 못하는 사람을 보면 무척 반갑다.

하지만 전라도 사투리를 안 쓰려고 애쓰다 보니 사투리를 많이 잊어버렸다. 단어를 잊어버리고, 억양도 잊어버렸다. 이제는 전라도 사투리를 따라 하면 어중간한 사투리가 튀어나온다. 그러면서도 고향은 목포라고 말한다.

인구가 좀처럼 늘지 않는 목포, 한때는 조폭이 활개 치는 도시로 여겨졌던 목포, 내세울 건 해태 타이거즈와 김대중 대통령밖에 없었던 내 고향이다. 변변한 산업단지 하나 없고, 남진, 김경호, 동해 말고는 스타도 없는 도시. 그 도시가 싫었다. 좀처럼 달라지지 않는 도시의 구질구질함이 싫었고, 사람들의 거친 말투가 싫었다. 도시를 감싸는 바다 펄 냄새도 싫었고, 지겹도록 한결같은 특정 정당 지지도 지겨웠다. 학연과 지연으로 얽힌 위계와 좁은 동네의 입방아는 지긋지긋했다. 경부선 열차에 비해 턱없이 적은 호남선, 전라선 열차 횟수를 보면 화딱지가 났지만, 목포에 다녀와 역시 전라도 음식이 최고라고 하는 사람들을 보면 뿌듯했다. 그곳에는 여전히 살아가는 사람들이 있었다. 그곳에서 활동하는 선배들과 친구들이 있고, 하던 일을 계속하며 늙어가는 사람들이 있었다. 오래도록 다르지 않은 삶을 이어가는 사람들이 많았다.

일 년에 서너 번 고향에 다녀올 때마다 좀처럼 변하지 않는 구도심을 보면 생각이 많았다. 이렇게 장사가 안 돼서야 어떻게 살겠나 싶었고, 어쩌면 이렇게 수십 년째 그대로인가 싶었다. 계속 그곳에서 뿌리내리고 애쓰는 사람들의 소식을 페이스북으로 접할 때는 대단하다는 생각마저 들었다.

그리고 언젠가부터는 여전히 그대로인 모습이 마음 짠하면서도 편안하게 다가왔다. 눈을 감고도 다닐 수 있을 것 같은 구도심의 옛 동네는 시간이 멈춘 것 같았다. 몇 해 전에는 처음 목포에 왔을 때 살았던 단칸방 집을 어머니와 함께 찾아갔다. 그 집은 아직 그 자리에 있었다. 40여 년의 시간이 흐르는 사이, 번듯했던 집이 낡은 만큼 우리 가족의 숫자와 나이도 달라졌다. 이제는 늙은 어머니와 당시의 어머니보다 나이 든 내가 한참 동안 대문 너머를 기웃거리고, 집 앞에서 서성이다 어머니와 사진을 찍을 때, 40년 전의 기억들이 순식간에 지나갔다. 그 집에는 아직 살아 있는 아버지가 있었고, 처음 본 도시에 눈이 휘둥그레진 내가 있었다. 수도꼭지가 하나뿐인 부엌에서 밥을 하던 어머니가 있었다. 아직 귀여운 동생이 있었다. 울컥 눈시울이 뜨거워지지 않을 리 없었다. 변하지 않아서, 사라지지 않아서, 개발되지 않아서 온전히 추억할 수 있었다. 쇠락한 도시였지만 덕분에 다시 만날 수 있었다. 내가 그토록 안 쓰고 싶었던 사투리를 쓰면서 살아가는 사람들 덕분이었다.

그 사람들 눈에는 서울로 가더니 명절 때나 내려오는 내가 어떻게 보일까. 서울로 가기 전부터 사투리를 안 쓰려고 애쓰더니 여전히 사투리를 떨치지 못하는 내가 어떻게 보일까. 같잖다고, 꼴값한다고, 눈꼴시다고 생각하지 않을까. 그래도 고향은 말이 없다. 올 때나 갈 때나 말없이 그 자리에 있을 뿐이다. 내 말투와 입맛 속에 하루도 떠난 적 없는 고향. 나는 늙어 고향으로 돌아오는 사람의 마음을 이제야 알 것 같다.

내가 만난 역사, 내게 남은 기억

솔직히 말해야겠다. 갈수록 기억력이 떨어진다. 명사가 잘 생각나지 않은 지는 오래되었다. 그때마다 검색 서비스의 도움을 받는다. 배우 유해진의 이름을 떠올리기 위해 그가 출연한 영화의 이름을 떠올린 다음, 영화의 출연 배우를 검색해서 유해진이라는 이름을 찾는 식이다. 이렇게 돌고 돌아 기억을 찾는 과정에 익숙해졌다. 누군가가 아는 체하는데 도무지 기억이 안 나 대강 인사를 나누고 돌아서 한참 생각하는 일도 여러 번이다. 온라인 계정의 비밀번호를 맞히지 못해 다시 설정하는 일은 일상이다. 머리가 장식이 되어버린 것 같다. 서서히 치매를 맞고 있는 것 같다.

이런 경험을 하게 될 거라고는 한 번도 생각해보지 않았다. 딱 한 번 스친 사람의 얼굴과 이름도 기억해 당사자를 놀라게 하던 나는 어디로 가버렸을까. 검색 서비스가 없으면 어떻게 살까. 검색 서비스에 길들고, 너무 많은 정보를 접하다 보니 뇌가 과부하에 걸렸거나 퇴화해버린 것일까. 날마다 너무 많은 음악과 뉴스와 정보를 듣다 보니 그만큼 방류하면서 살아갈 수밖에 없는 것일까.

하지만 어떤 기억은 좀처럼 지워지지 않는다. 기억은 최근 기록부터 지워진다고 했던가. 지워지지 않는 기억은 특정 공간을 마주하거나 같은 날짜를 맞이할 때면 소나기처럼 엄습한다. 그때 그 공간과 순간의 공기와 소리까지 생생하게 되살아난다. 20세기부터 21세기까지 살고 있는 한국인 시스젠더 남성이 간직하는 기억은 무수히 많다. 혼자 경험한 기억이기도 하고, 함께 경험한 기억이기도 하다. 일상의 기억이기도 하고, 역사적인 기억이기도 하다. 일상은 무수한 기억들이 교차하며 쌓인 지층이자 화석이다. 이미 단단하게 굳어버린 화석은 아니다. 생성과 변화를 멈추지 않는 현재진행형이다. 현재의 삶에 따라 과거의 기억은 계속 의미와 울림을 바꾼다. 그때 몰랐던 것을 이제야 알게 되기도 하고, 그때는 알 것 같았는데 시간이 흐르고 보니 아무것도 몰랐던 일들도 숱하다.

1973년 전남 순천에서 태어나 정규교육 과정을 거친 40대 후반 시스젠더 글쟁이 남성의 정체성을 만든 역사적 사건은 무엇일까. 내가 세상이라고 부르는 무언가의 실체를 만났다고 느낀 순간은 1979년 박정희 대통령의 암살 사건과 광주항쟁, 제5공화국 출범, 아웅산 테러, 1987년 6월항쟁, 1987년 대통령 선거 같은 사건들이다. 아니면 저녁 무렵 거리의 모든 사람을 멈춰 서게 한 국기 하강식일지 모른다. 영화를 시작하기 전 극장에서 울려 퍼진 애국가와 그때마다 일어선 기억일 수도 있다. 국제 경기에서 대한민국을 응원하던 기억도 나를 만들지 않았을까. 그 후에도 수많은 사건들이 스쳐 갔다. 1987년 7, 8, 9 노동자대투쟁과 1988년 서울올림픽부터 1997년 구제금융 사태와 2002년 한일 월드컵, 2014년의 세월호 참사, 2020년 시작한 코로나19 바이러스 팬데믹까지 잊을 수 없는 사건은 무수히 많다.

그런데 어떤 사건을 역사적으로 기억하는 과정은 나만의 판단으로 이루어지지 않는다. 뉴스 매체, 책, 소셜미디어 등등에서 끊임없이 언급하고 수많은 사람들이 되새겨야 한다. 그런 사건은 누구에게든 비중이 높아지기 마련이다. 한국 현대사를 다루는 영상에서 반복적으로 언급하는 사건은 중요한 가치를 갖는다. 나와 별 관계가 없더라도 주목해야 할 것 같다. 그때 뭘 하고 있었는지 기억해야 할 것 같다.

사건의 의미와 가치는 대부분 시간이 지난 후에 지속적으로 생성된다. 다른 해석과 주장들이 쏟아지고 겨루다가 특정 견해가 공식적인 견해로 인정받고 이름이 생긴다. 그 사건과 관련된 이들이 마이크를 잡고 권력을 갖게 되거나 사회의 관심을 집중한다. 사람들의 활동은 특정한 사건을 역사적으로 만들기 위한 노력이거나 역사적 평가를 다르게 부여하려는 쟁투인 경우가 많다. '4·19세대'라든가, '6·3세대', '586' 같은 단어들도 이와 무관하지 않을 것이다. 우리가 역사라고 부르는 대상 자체가 이렇게 의미를 부여하는 과정을 거친 사건들의 모음과 연결이지 않을까.

태어나 처음으로 만난 대통령은 박정희였다. 박정희는 내가 태어나기도 전에 유신헌법을 통과시키고 종신 대통령이 되어 있었다. 그러나 리 단위에 사는 미취학아동에게 대통령이 무슨 의미가 있을까. 내가 기억을 못 하는 것일 테지만 박정희가 비로소 내게 다가온 것은 그가 죽은 뒤였다. 갑자기 대통령이 죽었다고 하더니 텔레비전에서 만화영화를 볼 수 없었다. 하루 종일 암울한 클래식 음악과 함께 박정희의 생전 모습만 보여주는 텔레비전은 지루하기만 했다. 대통령이 죽었다고 왜 〈마징가 Z〉를 볼 수 없느냐고 물어봐도 뿔이 난 어린이의 짜증에 귀를 기울여주는 분위기가 아니었다. 세상이 망하기라도 한 것 같았다.

당시 시골 국민학교 1학년 반장이었던 나는 동네 파출소에 급조한 분향소에 가서 절을 했다. 당연히 혼자 자발적으로 갔을 리 없다. 분명 전교생이 다 가지 않았을까. 1학년 반 대표로 어설프게 향을 올릴 때는 눈물 흘려야 할 것 같은 압박을 느꼈지만 한 방울도 나오지 않았다.

이상한 일은 대통령이 죽었다는 사실만이 아니었다. 대

통령이 죽은 지 얼마 되지 않았는데 최규하라는 사람이 대통령이라 했다. 대통령이 이렇게 빨리 바뀔 수 있는지 몰랐다. 얼마 뒤에는 전두환이라는 사람이 대통령처럼 등장했다. 1년도 되지 않는 사이에 대통령이 계속 바뀌니 어리둥절했다. 하지만 말단 경찰관이었던 아버지나 아버지의 친구들, 그리고 어머니나 선생님 가운데 누구도 왜 이런 일이 생겼는지 설명해주지 않았다. 나를 어리둥절하게 했던 일들에 10·26사건이나 12·12쿠데타 같은 이름이 붙었다는 사실을 알게 된 건 10여 년이 지난 뒤였다.

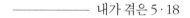 내가 겪은 5·18

이상한 일은 계속 이어졌다. 박정희가 죽은 다음 해 5월 아버지는 갑자기 광주로 불려갔다. 광주에서 데모가 벌어져 막으러 가야 한다 했다. 그런가 보다 했는데, 아버지는 며칠이 지나도록 돌아오지 않았다. 흉흉한 소문이 들려왔다. 아버지가 광주에서 죽었을 수도 있다는 것이었다. 어머니는 텔레비전 드라마에서 본 것처럼 머리를 싸매고 단칸방에 드

러누웠다. 국민학교 2학년 남자아이가 어머니에게 무슨 도움이 되었을까. 그때 나는 머리를 동여맨 수건을 갈아주는 방법조차 몰랐다.

이해할 수 없는 일은 광주에서 데모대가 왔을 때 절정을 이루었다. 아버지는 데모를 막으러 광주에 가서 죽었는지 살았는지 알 수 없는 상황인데, 어느 날 동네 사람들은 광주에서 온 데모대를 맞이한다고 신작로로 몰려갔다. 광주항쟁을 다룬 영상에서 수없이 보았던 장면이었다. 소형 버스에 올라탄 사람들, 아마도 시민군이었을 이들이 광주에서 전라남도 곳곳으로 흩어져 광주의 상황을 알리고 투쟁을 호소하기 위해 돌았다. 버스에 무어라 쓰여 있었는지는 기억나지 않는다. 전두환을 때려잡자 같은 구호를 써놓지 않았을까. 다만 버스에 올라탄 사람들의 빛나던 표정과 거의 모든 동네 사람들이 다 몰려나와 박수를 쳐댔다는 사실만은 40년이 지난 지금까지 잊히지 않는다. 버스는 순식간에 지나갔다. 하지만 그 순간의 분위기는 어디에서도 느낄 수 없을 만큼 뜨거웠다.

아버지는 곧 돌아오셨다. 지친 표정으로 돌아온 아버지가 바나나를 사가지고 오셨을까 아니면 '투게더' 아이스크림을 사 오셨을까. 그때 나의 관심은 딱 그 정도였다. 그러곤 그때 일을 잊어버렸다. 누구도 다시 이야기하지 않았다. 그러다 국민학교 6학년 무렵 목소리를 낮춰 이야기한 친구가 있었다. 국군이 광주 사람들을 죽였다고 했다. 세상 물정 하나도 몰랐던 나는 어떻게 〈배달의 기수〉에 나오는 국군이 사람을 죽일 수 있냐고 항변했다. 하지만 나보다 훨씬 세상을 많이 아는 것 같아 보였던 친구는 코웃음 치며 나를 비웃었다.

친구의 말이 맞는다는 걸 아는 데는 시간이 필요했다. 1987년 봄, 천주교 정의구현사제단은 전국을 돌며 5·18 사진전을 열었다. 그 행사가 그거였는지 알게 된 것도 한참 뒤의 일이었다. 그 당시 내가 알았던 건 목포 가톨릭회관에서 5·18 사진 전시회를 한다는 것. 인터넷도 없던 시절 그 소식을 중학교 3학년 학생이 어떻게 알았을까. 아마도 먼저 다녀온 친구 누군가가 이야기해준 게 아니었을까. 가톨릭회관 건물 계단에 사람들이 줄을 선 채 기다리던 모습이 어렴풋하게 기억난다. 내 앞쪽에는 중학교 국사 선생님도 기다리고 계셨다. 줄은 느리게 움직였다. 나는 그 사진들을 보았을 것이다. 하지만 사진을 보고 어마어마한 충격을 받았다는 기억은 없다. 전시장에 어떤 사진이 걸려 있었는지도 기억나지 않는다. 기억나는 건 그곳에서 아무도 입을 열지 않았다는 사실뿐이다.

2년쯤 뒤 광주사태 관련 청문회가 열리고 방송국에서 특집 방송을 방영하고 나서야 무슨 일이 어떻게 벌어졌는지 조금이나마 알 수 있었다. 고등학교 2학년 때부터 혼자 탐독하기 시작한 인문사회과학 책들의 도움이 컸다. 광주의 외삼촌 집에 비밀스럽게 꽂혀 있던『죽음을 넘어 시대의 어둠을 넘어』를 몰래 읽은 것, 그리고 홍희담의 소설「깃발」을 읽은 것이 결정적이었다. 그즈음부터 나의 5·18 기억은 차츰 풍성해졌다.

그 후 대학에서 이런저런 자료와 책을 읽으면서 5·18은 전두환과 노태우를 비롯한 신군부의 의도적인 학살일 뿐 아니라, 미국의 방조가 있었음을 알게 되었다. 대학교 3학년 무렵 망월동 묘역에 순례를 갔을 때, 5·18은 다닥다닥 붙은, 남루하고 빛바랜 무덤들의 무게로 나를 압도했다. 허름한 묘비마다 이름을 확인하면서 얼마나 울었는지. 하지만 5·18이 공식적 평가와 법적 처벌 과정을 얻기 위해서는 2년이 더 걸렸다. 전국적으로 벌어진 투쟁에 밀려서야 전두환과 노태우는 16년 만에 법정에 섰다.

이후 역사는 모두 아는 바와 같다. 5·18은 공식 국가기념일이 되었고, 망월동에는 새로운 묘역이 생겼다. 2000년 무렵부터는 5·18 행사를 하는 데 아무 어려움도 없다. 정부에서 예산이 나오고, 경찰이 행사를 보조한다. 전두환과 노태우가 늙어 죽을 때까지 감옥에 있지는 않았지만 5·18 문제는 대부분 해결된 것처럼 보였다.

그런데 그게 아니었다. 이따금 이어진 5·18 관련 예술작품들과 끊임없는 사회적 논란은 역사와 기억에 대한 질문을 멈출 수 없게 했다. 학살과 저항, 주먹밥공동체, 권력 찬탈 정도로만 알고 있으면 될 것 같았는데, 여러 예술 작품과 연구 서적들은 개개인의 삶에 스민 역사를 계속 살펴보지 않으면 역사와 기억이 얼마나 얄팍해지는지 아느냐며 끊임없이 사람들을 뒤흔들었다. 5·18은 상징이 된 몇 가지 이미지만으로 기억해서는 안 될 사건이었다. 아니 요약할 수 없는 현재였다. 피해자이자 저항자인 다수가 살아 있었고, 그들이 감당한 상흔은 책 몇 줄로 정리할 수 없었다. 그들이 경험하고 기억하는 5·18이 5·18의 전부가 아니었지만, 그들의 기억과 심연에 귀 기울이지 않고는 실체에 다가설 수 없었다. 기억과 흔적은 곳곳에 다르게 존재했다. 우리는 5·18에 대해 모르는 게 더 많았다.

특히 5·18의 역사를 지우거나 변형하고 왜곡하려는 이들이 목소리를 높이면서 기억은 격전의 현장이 되었다. 북한의 개입이 있었다거나 헬기 사격은 없었다는 주장이 공공연하게 흘러나왔다. 광주와 5·18을 조롱하는 사람들도 인터넷에 흔했다. 구 전남도청을 다르게 활용하려는 방침 역시 논란이 되었다. 그때 사라진 사람들을 다 찾지 못했고, 발포 명령을 한 사람이 누군지 밝혀지지 않은 상태에서 5·18의 진실을 흔들고 의미를 축소하려는 이들은 곳곳에서 출몰했다. 어떤 역사적 사건은 아무리 시간이 흘러도 끝나지 않는 것이다.

이제 5·18은 시간이 많이 흐른 사건이 되었다. 국민학교 2학년 때 벼락처럼 5·18을 만난 이후 순식간에 40년의 시간이 흘렀다. 나에게 5·18은 잊을 수 없는 사건이었지만 한국전쟁을 지나간 사건으로 느끼는 사람들이 태어났던 것처럼, 5·18의 경험이 없는 세대가 계속 태어났다. 그들에게는 5·18에 대한 기억이 없었다. 방송과 책으로 만나는 5·18은 간접경험일 뿐, 기억은 강요할 수 없고 이식할 수 없었다. 의도적으로 기억을 만드는 일은 불가능하다. 나도 1973년에 전라남도에서 태어났고, 1980년에 전라남도에 있었기 때문에 기억을 갖게 된 것뿐이다. 그건 전적으로 우연이었고, 어쩌면 운명의 장난이라 해도 과언이 아니다.

더더군다나 너무나 큰 역사적 사건의 경우는 그 무게와 의미에 짓눌리기 마련이다. 참고서의 공식을 외우듯 사실관계를 확인할 수 있을지는 몰라도 역사에는 수학 공식 같은 정답이 오히려 해가 된다. 직간접 경험이 없는 이들이 사건을 경험한 이들의 기억에 잠재한 정서적 울림을 공유하면서 공감하기는 쉽지 않다. 기억하는 일은 몇 월 며칠 무슨 일이 있었는지 잊지 않는 일만이 아니다. 기억은 사실관계를 잊지 않는 일인 동시에, 그때 느꼈던 감정의 울림을 지속적으로 간직하고 복기하는 일이기도 하다. 감정의 울림이야말로 기억을 기억답게 만드는 원동력이다. 시간이 흐르면서 구체적인 사실관계는 잊더라도 감정은 앙금처럼 남는다. 슬픔이건 기쁨이건, 분노건 좌절이건 사건이 파생시킨 감정은 사실이라는 실체를 실질적으로 구성할 뿐 아니라, 그 실체를 기억해야 할 이유다. 감정은 자신이 사건과 맺은 관계의 종합이다.

그래서 5·18을 직접 경험하지 못한 이들에게는 사건과 맺은 감정의 교감이 없거나 약할 수밖에 없다. 시간이 흐르면서 감정은 계속 변하기 마련이고, 그에 따라 기억도 달라진다. 영원히 변하지 않는 것은 없다. 변하는 것과 변하지 않는 것이 섞이며 기억은 계속 새로워진다. 당사자에게 변화무쌍한 기억이 당사자가 아닌 이들에게도 형성되기 위해서는 그들에게도 감정의 울림을 만들고 쌓을 기회를 주어야 한다. 5·18의 경우라면 학살에 대한 충격이든, 숭고함에 대한 감동이든, 목숨을 건 저항에 대한 경외든, 자신만의 체험이든 새로운 감정의 기억을 만들어주어야 한다. 당사자에게는 너무나 생생한 기억일지라도 당사자가 아닌 이들에게 이어지지 못하면 역사가 될 수 없다. 역사적 진실을 밝히고 법적 처벌을 이뤄내는 것이 끝이 아니다. 기억을 이전하고 계승하는 일, 새로운 이들에게 감정과 기억의 역사를 창출하는 숙제가 등장한다.

강변하고 목소리를 높인다고 될 일도 아니고, 대통령이 기념식에 참석한다고 끝날 일도 아니다. 강풀의 웹툰 〈26년〉이나 한강의 『소년이 온다』, 연극 〈푸르른 날에〉, 〈짬뽕〉, 〈방탄철가방〉, 영화 〈스카우트〉, 〈택시운전사〉, 〈오월愛〉, 〈김군〉 같은 작품이 계속 필요한 이유이다. 〈임을 위한 행진곡〉

만 불러서는 해낼 수 없는 일이다. 누군가에게는 〈임을 위한 행진곡〉이 감동적인 노래일지 몰라도 누군가에게는 이 노래가 무덤덤하다 못해 구태의연하게 들릴 수 있다는 사실을 인정해야 한다. 기억을 잇기 위해서는 세대에 따라 사람에 따라 다른 매개가 필요하다.

그 과정은 역사적 사건을 끊임없이 새롭게 만드는 과정이기도 하다. 공식화된 평가와 상징의 가치와 의미만큼 새로운 이야기와 상징을 만들어 계속 교감함으로써 정형화되지 않게 만들어야 한다. 비슷한 의미라도 다른 이야기를 통해 전달될 수 있게 해야 한다. 현재의 시대 속에서 살아 있는 의미를 찾을 수 있게 준비해야 한다. 그것이 진정한 계승이고 가치의 복원이며 기억의 지속이다.

하지만 5·18처럼 어려운 과정을 거쳐 뒤늦게라도 계속 기억하고 되새길 수 있는 사건은 많지 않다. 워낙 많은 사건과 사고가 벌어지기 때문이다. 피해자와 희생자들이 기억을 주도하는 힘을 가지고 있지 못했기 때문이기도 하다. 모든 사건을 다 기억하고 동의하며 공감하면 좋겠지만 그렇게 하기는 불가능하다. 우리의 기억과 공감의 총량은 딱 정해진 양만큼이어서 한쪽으로 쏠리면 다른 쪽에는 소홀하기 마련인 것 같다. 그 때문에 많은 이들이 기억하지 않는 사건, 별다른 이야기가 나오지 않는 사건, 시간이 흐르면서 더 풍부해지지 못하는 사건도 있다. 그중 두 사건의 기억이 나에게는 여전히 묵직한 마음의 짐으로 쌓여 있다.

─────────── 1991년 봄의 기억

하나는 1991년 5월의 기억이다. 그해 봄 명지대학교 신입생 강경대가 학교 앞에서 시위를 하다가 전투경찰에게 맞아 죽었다. 죽음은 강경대 한 사람으로 끝나지 않았다. 박승희, 김영균, 천세용, 박창수, 이정순, 김기설, 김철수, 정상순, 윤용하, 김귀정까지 열한 명이 세상을 떠났다. 누군가는 스스로 자신의 몸에 불을 붙였고, 누군가는 시위 도중에 경찰의 토끼몰이식 진압에 밀려 압사당했다. 대학에 가면 꽤 많은 시위를 할 수도 있겠다고 생각했지만, 한 학기가 가기도 전에 이렇게 많은 죽음을 만날 거라고는 한 번도 생각하지 못했다. 신문을 펼치기 두려웠고, 강의실에 들어가 웃을 수도 없었다. 일생에 단 한 번뿐인 대학 새내기의 찬란한 봄은 학교보다 거리에서 더 많이 펼쳐졌다. 지금처럼 문화제를 열어 평화롭게 공연을 보고 이야기를 들을 수 있는 시대가 아니었다. 시위는 대학교 교문 앞의 최루탄과 화염병 공방이거나, 수원, 안양, 서울 등지에서 예고 없이 거리로 뛰어드는 가두 투쟁이 대부분이었다. 하루가 멀다 하고 젊은 넋들이 지는 소식을 들으며, 거리에서 눈물을 떨구는 사이 봄이 지나갔다. 그래도 어쨌든 싸우다 보면 1987년처럼 세상이 바뀔 줄 알았는데, 웬걸 그 많은 사람들이 뛰어들었던 싸움은 왕년의 저항 시인이 쓴 칼럼과 국무총리에게 쏟아부은 계란과 밀가루 세례로 저물어버렸다. 물론 1991년 5월의 투쟁이 단지 그 사건들만으로 멈추었을 리 없다. 너무 많은 죽음이 이어지고, 거리 투쟁이 계속되다 보니 운동권들도 지치고 시민들도 지쳤을지 모른다. 이 정도 일로 대통령이 물러나야 한다고는 생각하지 않았을 수도 있다. 어쨌거나 아무것도 해내지 못한 채 거리에서 쫓겨나듯 학교로 돌아와야 했다.

기억은 여기서 끝나지 않았다. 매년 봄이 되면 그때 세상을 떠난 이들이 떠오르곤 했다. 나는 나이 들고 늙어가는데 그들은 항상 그대로였다. 나의 나이와 그들의 나이가 자꾸만 멀어지면서 그때의 기억과 감정은 차츰 희미해졌다. 대신 새로운 생각들이 쌓이기 시작했다. 그들은 젊어도 너무 젊었다. 아니 젊다기보다는 어리다고 해야 할 정도였다. 비슷한 연배일 때는 몰랐는데, 나이를 먹을수록 그들이 미처 살지 못한 시간이 아프게 다가왔다. 나이가 어리다고 세상을 모르는 게 아니고, 나이가 많다고 더 많이 알거나 지혜로워지는 것은 아니다. 사람이 반드시 오래 살아야만 하는 것도 아니다. 다만 그들을 조금씩 잊고, 그다지 잘 살지도 못하는 시간들을 비루하게 살아가는 현실이 매년 봄이 되면 견딜 수 없게 미안했다. 결국 이런 세상밖에 만들지 못했는데, 먼저 가버린 이들의 영원히 젊은 얼굴 앞에서 참담하고 부끄러웠다.

당시 거리에서 외쳤던 요구들을 이루지도 못한 채 어영부영 끝나버린 투쟁은 변변한 이름조차 얻지 못했다. 4년 먼저 벌어졌던 1987년 6월항쟁은 하나의 세대를 출현시키고, 집권 세력을 바꾸었으며, 천만이 보는 영화가 되었다. 하지만 1991년의 봄은 겨우 몇 권의 책과 다큐멘터리로 남았다. 그때 거리에서 싸웠던 이들은 이름을 얻지 못했다. 그 시간을 자랑스럽게 이야기할 수도 없다. 소셜미디어에서도 이야기하는 사람이 거의 없다. 그래서인지 기억도 확장되지 못했다. 기억을 확장시키는 일이 얼마나 어려운지, 그것도 권력이 될 수 있으며, 그렇지 못한 사건은 기억하는 이들에게 오래오래 상처가 될 수도 있다는 것을 뼈저리게 깨달았다. 감히 비교할 수 없겠지만 5·18 이후의 시간을 침묵하며 견뎌야 했던 당사자들이나 세월호 사건의 진실을 밝히기 위해 싸우는 이들의 마음이 이와 같을까. 하지만 기억이 상처가 되고 죄책감이 되고 부채가 되는 경험은 여기서 끝이 아니었다.

———————— 연세대학교에서 보낸 1996년 여름

1996년 여름이 나를 기다리고 있었다. 그해 8월 나는 연세대학교에 있었다. 범민족대회 때문이었다. 통일운동 진영에서 8·15 무렵 진행하는 가장 큰 행사인 범민족대회는 평화롭게 열렸던 적도 있었지만, 경찰의 원천 봉쇄를 뚫고 열린 적도 많았다. 1996년 범민족대회 역시 원천 봉쇄되었다. 겨우겨우 연세대학교에 들어간 뒤 나는 사수대가 되었다. 본

대오가 집회를 하는 동안 사수대들은 번갈아가며 학교 곳곳을 지키면서, 계속 학교 안으로 들어오려는 전투경찰과 맞서 싸워야 했다. 건물 안에서 자는 건 꿈도 꾸지 못했다. 사수대는 길바닥에 신문지를 깔고 자야 했다. 샤워는커녕 속옷조차 갈아입을 수 없었다.

당시 범민족대회는 한총련의 역량을 총결집하는 행사라 학교 안에는 전국에서 온 많은 학생이 모여 있었다. 대개 원천 봉쇄를 하면 학생들의 출입만 통제하는데, 경찰은 끊임없이 진입작전을 펼쳤다. 머리 위로 시도 때도 없이 여러 대의 헬리콥터가 날아다녔다. 대학 시절 꽤 많은 집회에 가봤지만 헬리콥터가 동시에 여러 대 날아다닌 집회는 그때가 처음이자 마지막이었다. 게다가 범민족대회 행사가 끝나가는데도 경찰은 요지부동이었다. 행사가 끝나면 서로 타협해서 퇴로를 열어줄 줄 알았는데, 학교 안으로 들어올 수 없었고 학교 밖으로 나갈 수도 없었다. 무사 귀가를 요구하는 한총련에 대해 정부는 초강경 사법 처리 방침을 내렸다.

8월 17일이었을까. 이러다 전부 다 잡혀가는 건 아닌지. 그렇게 되면 나이가 많은 데다 사수대인 나는 구속되는 건 아닌지 걱정과 두려움과 분노와 피곤이 뒤죽박죽되어 있던 아침, 전투경찰이 쉬지 않고 밀고 들어왔다. 모처럼 학생 식당에서 따뜻한 아침을 먹고 한숨 돌리고 있었는데, 경찰이 갑자기 밀고 들어오면서 종합관 건물에 갇히고 말았다. 사수대는 우왕좌왕하다가 건물 옥상으로 올라갔다. 그 순간 헬리콥터가 옥상 가까이 내려왔다. 헬리콥터가 다가오자 옥상의 모든 것이 떠올랐다. 신문지가 떠오르고 스티로폼이 떠올랐다. 말 그대로 공중 부양이었다. 들리는 건 헬리콥터 프로펠러 돌아가는 소리뿐 아무 말도 들리지 않았다. 햇살 쨍쨍한 여름이었다. 현실 속에 있는데 현실 같지 않았다. 꿈이라면 빨리 깨고 싶었다. 깨어나면 내 방 이불 속이었으면 좋겠다 싶었다.

하지만 엄연한 현실이었다. 50여 명 남짓한 사수대들은 다시 건물 로비로 내려와 줄을 맞춰 앉았다. 누군가 건물 바깥에 쌓아둔 나무 책걸상에 불을 지른 바람에 엄청난 열기가 밀려 들어왔다. 불에 타 죽을 수도 있겠구나 싶었다. 다행히 그런 일은 일어나지 않았다. 나는 어찌어찌해서 연세대학교를 빠져나왔다. 운이 좋았다. 로비에 있다가 종합관 강의실로 올라가 학교 사람들과 함께 있을 때, 아는 간부가 누구든 나가서 밖의 동태를 보고 오지 않겠냐고 했다. 겁이 없는 편이 아니었는데 뭐라도 해야 할 것 같아 후배 한 명을 끌고 나갔다. 종합관 뒤는 야산이었다. 그곳에서 한동안 다른 사수대들과 함께 전경들과 싸웠다. 그러다 전경들에게 밀리면서 우연히 야산 옆 담을 넘었다. 그랬더니 학교와 학교 밖 주택가 사이의 빈 공간이 있었다. 거기엔 나처럼 싸우다 담을 넘은 사수대 이십여 명이 숨어 있었다. 우리는 하룻밤을 죽은 듯 숨어 버틴 후에 겨우겨우 빠져나왔다. 그 공간이 없었다면 꼼짝없이 잡혀갔을 텐데 천우신조라고밖에는 할 수 없었다. 그날 밤 건물을 포위한 전경들은 밤새 노래를 불러대 한숨도 잘 수 없었다. 하지만 들킬까 봐 말 한마디 할 수 없었다. 갇혀 있는 학우들을 구하러 가는 건 영화에서나 가능한 일이었다. 살다 살다 이런 경험은 처음이었다. 평생 잊을 수 없는 밤이었다.

학교 밖으로 나왔더니 한총련은 뉴스 1면을 도배하는 폭도가 되어 있었다. 연희동 주민들은 거지꼴로 연세대 뒷산을 빠져나가는 우리를 손가락질하며 욕했다. 가진 게 아무것도 없었는데 학교로 어떻게 돌아왔는지 모르겠다. 며칠 뒤 연세대학교에 갇혀 있던 다른 학생들이 끌려 나오는 모습을 텔레비전으로 지켜보아야 했다. 그게 나일 수도 있는 일이었다. 수많은 학생 활동가들이 구속되었고, 학생운동은 예전으로 돌아가지 못했다.

한총련은 그 후로도 줄기차게 싸웠고, 누군가는 그 여름을 '연세대항쟁'이라고 불렀지만 동의할 수 없었다. 아무리 생각해도 실패했고 졌다는 생각을 지울 수 없었다. 연세대학교 종합관은 오랫동안 폐허로 남아 있었다. 내 마음에도 구멍이 숭숭 뚫려버렸다. 한동안 신촌에 가는 일도, 연세대학교를 걷는 일도 모두 쉽지 않았다. 1991년 5월보다 1996년 여름을 이야기하는 사람은 더 드물다. 항쟁이라고 말하는 사람도 있었지만 전혀 공감할 수 없었고 자꾸 화가 났다. 술자리 무용담으로도 꺼낼 수 없었다. 아무도 공개적으로 1996년 여름의 연세대학교를 말하지 않았다. 그해 여름은 연세대학교 안팎에 있었던 수만 명의 학생들에게 무덤처럼 묻혀버렸다. 단 며칠 동안 벌어진 일이지만 사건의 그림자는 길었다. 스스로 자랑스러워할 수 없고 다시 말하고 싶지 않은 사건은 완전히 봉인되어버렸다. 그 사이 24년이 지나갔다. 지나고 보면 시간은 언제나 빨랐고 기억은 모래성처럼 부서지기 일쑤다.

그런데 대학을 졸업하고 사회인이 되어 이따금 서울 연세대학교 앞 횡단보도를 건널 때, 그리고 연세대학교 건물 사이를 걸을 때면 그때의 내가 멀리서 나를 보고 있는 것 같은 기분이 든다. 의도적으로 떠올리는 것인지, 저절로 떠오르는 것인지 알 수 없다. 학교의 풍경이 달라지고, 내가 달라지고, 동행한 사람도 달라졌지만 함께 말하지 못하고 함께 불러내지 못하는 기억은 예고 없이 출몰했다. 그 기억 때문에 못 살 정도는 아니다. 그곳을 지나지 않거나 8·15 무렵이 아니면 아무렇지 않았다. 이것이 트라우마인지 무엇인지 알 수 없다. 다만 생각하면 번번이 마음이 쓰리고 힘들다. 억울하고 아프고 화가 난다. 그때 무슨 일이 있었고 그 일이 나에게 어떤 의미이며, 내 마음이 어떤지 이야기를 할 수 있다면, 다른 이들은 어땠는지 이야기를 들을 수 있다면 어떤 식으로든 기억을 정리하고 마음을 다잡을 수 있을 텐데 그 과정이 생략되어버린 사건은 캄캄한 어둠, 혹은 뿌연 안개 속의 미궁처럼 나를 가둬버린다. 한번 사로잡히면 한동안 헤어나올 수 없지만, 그때 그곳에 있지 않았던 이들에게는 설명하기 불가능하다. 혼자 감당하는 수밖에 없다.

생각해보면 이런 기억들이 한 둘일까. 혼자 감당해야 할 기억을 갖고 살아가는 사람이 얼마나 많을까. 일제강점기의 기억이건, 해방 전후의 기억이건, 한국전쟁의 기억이건 요동치는 한국 현대사는 불시에 사람들을 급습한다. 알고 당하기도 했고 모르고 당하기도 할 것이다. 요동치는 역사 앞에서 사람들은 불가항력처럼 기억들을 짊어져야 했다. 그 중에 어떤 기억들은 오래도록 드러낼 수 없었다. 말하면 일상이 무너져버린 세월이 너무 길었다. 국가가 나서서 막는 일에 익숙해진 사람들은 스스로 입을 봉했다. 어머니는 지금도 내가 잡혀갈까 걱정하실 정도다.

세상이 좋아진다는 것은 두려움 없이 기억을 꺼낼 수 있다는 의미일 것이다. 이 말을 하면 잡혀가지 않을까, 피해를 입지 않을까 두려워하지 않고 이야기를 시작할 수 있다는 뜻일 것이다. 그 이야기를 외면하지 않고 들어줄 수 있어야 하고, 그 기억에 이름을 붙여줄 수 있어야 한다. 눈물을 닦을 수 있게 해주고, 등을 쓰다듬으며 다독여주어야 한다. 한국전쟁처럼 거대한 사건의 경우만이 아니다. 자신에게 강렬한 무늬를 남긴 일들을 이야기하고 의미를 찾을 수 있게 하는 사회, 누군가 사과하거나 책임져야 한다면 미안하다 말하고 책임지는 사회여야 같이 사는 사회라고 할 수 있다. 그것이 공동체다.

내가 1991년 봄과 1996년 여름을 잊지 못하지만 말하기 힘들었던 것처럼 누군가는 다른 사건의 기억으로 고통스러웠을지 모른다. 일본군 '위안부'의 기억일 수도 있고, 한국전쟁 양민 학살의 기억일 수도 있다. 이제야 용기를 내 이야기하고 재판을 청구하는 간첩 조작 사건이나 강제수용소의 기억도 많지 않다. 물론 듣는 이는 이야기를 아무리 많이 들어도 그들의 기억에 완전히 다가서기는 어려울 것이다. 다만 자랑스럽게 이야기할 수 없는 어떤 사건들의 기억에 대해, 그 기억을 가지고 살아가는 사람의 마음에 대해 생각하게 한다. 슬프고 억울하고 화가 나고 답답한 마음에 공감하게 하고, 그들의 이야기를 어떻게 들어야 하는지 고민하게 한다. 덕분에 한 사람을 이해하고 역사를 안다는 것이 얼마나 어려운 일인지 조금이나마 알 것 같다. 함께 자랑스러워할 수 있는 기억 사이에 불씨처럼 남은 다른 사건들의 개별적 기억들은 누구도 역사로부터 자유로울 수 없다고 알려준다.

한 사람 한 사람에게 역사가 정면으로 관통할 수 있다고 일러준다. 의지의 결과로서가 아니라 우연일 수 있다고, 그것이 역사라고 말해준다. 그래서 서로의 이야기에 귀 기울여야 한다고 가르쳐준다.

개인에게 맡겨둘 일이 아니다. 서로가 서로의 이야기에 귀 기울일 때 비로소 우리는 우리가 된다. 기억을 나누고 기억으로 연대할 때, 우리는 잠시 공동체가 된다. 공동체를 만든다. 기억의 공동체가 많은 사회, 그 공동체가 다른 이들에게도 열려 있는 사회가 좋은 사회가 아닐까. 역사는 때로 나에게 상처를 남겼지만 그 상처 덕분에 다른 이들의 상처와 눈물 자국이 잘 보이기도 한다. 그러니 내 기억을 말하면서도 눈은 다른 이들의 상처와 눈물 자국을 향하고 있었으면 좋겠다. 다른 이들이 말할 때 잠시라도 걸음을 멈췄으면 좋겠다. 그래야 우리는 함께 살아갈 수 있지 않을까. 여전히 모르겠고 아직도 모르겠는 일들이 너무 많지만, 말하고 듣다 보면 버틸 수 있고 언젠가는 답을 찾을 수 있지 않을까.

해바라기의 추억

해바라기를 보면 생각나는 사람이 있다. 해바라기를 잊을 수 없게 만든 사람이 있다. 대학교 2학년 때 한 학번 아래 후배 B. 엄청 친하지는 않았지만 많이 좋아했던 후배였다. 1학기 기말고사를 볼 무렵이었던가. 친구 J의 자취방에서 같이 싸구려 와인을 마시는데, 대학에 들어온 지 한 한기밖에 안 지난 그가 곧 군대에 간다 했다. 너무 아쉽다고, 보고 싶을 거라고 했더니, 자기가 보고

싶으면 해바라기를 보라고 했다. 과 학생회실이 있는 문과
대 건물 옆에 해바라기 씨앗을 뿌려놓고 가겠다고 했다.

무슨 소리인가 싶어 웃고 말았는데, 그가 떠난 여름, 해바
라기 두 그루가 거짓말처럼 피어났다. 정말로 해바라기 씨
앗을 뿌려놓고 간 거였다. 얼마 안 돼 휴가를 나온 그는 웃기
만 했다. 그런 아이였다. 소년 같은 아이. 늘 꿈꾸고 있는 것
같은 아이였다.

하지만 그가 제대를 하고 복학했을 때 같이 학교를 다녔
는지 안 다녔는지 기억이 나지 않는다. 분명 다시 마주쳤을
법한데 그 뒤의 일은 하나도 생각나지 않는다. 대학을 졸업
한 후에는 다시 만난 사람이 거의 없다.

1990년대의 대부분을 대학에서 보냈다. 그때 과 학생회
실에 가면 항상 누군가 있었다. 낙서장이 있고 기타도 있었
다. 낙서장을 들여다보다 뭔가 끄적이곤 시답잖은 이야기를
나누며 피식피식 웃다가 기타를 치며 노래했다. 기타를 빌
리러 온 옆방 영문과 사람들에게 기타를 빌려주기도 했다.
과방 건물 화단 앞에 앉아 100원짜리 커피를 홀짝이며 담배
를 피우고 있으면 예비역들이 족구하러 몰려가던 시절. 학
생회 활동을 하느라 바빴던 나는 늘 별로 여유롭지 않았지

만 과방에 가면 항상 누군가 만날 수 있어서 좋았다.

그 시절 학교 곳곳에 아는 사람들이 많았다. 수업을 듣거나 밥을 먹고 일을 하러 여기저기 다니다 보면 늘 아는 사람들을 만나 인사를 나누는 게 일상이었다. 그때는 몰랐다. 이 또한 지나간다는 것을. 그중 대부분은 다시 만나지 못한다는 것을. 과나 동아리 사람들은 대학을 졸업하고 누군가의 결혼식 때 만나기도 했지만, 그조차 잠시였다. 학교를 떠나고 만나지 못한 사람들이 훨씬 많다. 나는 대인관계가 좋거나 인기 있는 사람이 아니었다. 사람들에게 먼저 연락해서 만나자고 청하면서 관계를 챙기는 사람도 아니었다. 그럼에도 어떤 사람들은 불쑥불쑥 생각났다. 이름조차 생각나지 않지만 어디서 무얼 하고 있는지 무척이나 궁금한 사람들이 한둘이 아니다.

날마다 수많은 사람들을 학교 곳곳에서 마주하던 시절은 지금도 눈앞에 선명한데, 그 시절은 순식간에 지나갔고 돌아오지 않았다. 해바라기꽃을 심어두겠다던 후배의 말은 아련한데, 내 손바닥에는 씨앗보다 작은 사진 한 장 남지 않았다. 젊음이 그렇게 순식간에 지나가는 줄 몰랐다. 어떤 이들은 내내 그리움으로 남는다는 것을 알지 못했다. 어떤 일들은 내내 후회뿐이라는 것을 뒤늦게 가슴 치며 멍든 자국으로 알았다.

대학을 졸업하고 20년쯤 뒤에야 학교를 찾아갔다. 여름 방학이 끝날 무렵의 학교는 한적했지만 학교 앞에는 예전의 풍경이 거의 남아 있지 않았다. 다행히 과방은 그대로였다. 풍물패의 악기들이 쌓여 있었고, 그 무렵의 눅눅한 먼지 냄새가 여전했다. 그 냄새 덕분에 순식간에 시간을 거슬러 올라갔다. 게다가 내가 그 시절에 썼던, 20년도 더 된 낙서장이 일부 남아 있었다. 치기와 감정 과잉으로 얼룩진 낙서들을 읽으며 자꾸만 웃음이 나왔고, 낯이 뜨거웠으며, 한없이 그리웠다. 부끄러워서 더 그리웠고 아프다가 먹먹해졌다. 누군가 내 어깨를 짚으며 이름을 불러줄 것 같았다. 하지만 그곳에는 아무도 없었다. 해바라기가 피어 있던 곳은 그대로였지만 더 이상 해바라기는 없었다.

왜 지금 아는 것을 그때는 몰랐을까. 추억은 묻어두어도 사라진다. 어떤 그리움은 형벌처럼 견디는 것. 후회는 그리움보다 오래 나를 괴롭혔다. 내가 할 수 있는 일은 내가 했던 일을 잊지 않고 오늘을 살아가는 일뿐이었다. 나는 늘 뒤늦게 배운다. 한 번도 어리석지 않은 적 없는 내 앞에 다시 해바라기 두 그루가 흔들린다.

나는 어머니의 아들

나는 매사에 부정적이다. 누구를 만나든 단점이 먼저 보인다. 일을 할 때면 안 될 것 같은 이유부터 눈에 밟힌다. 성격이 까칠해서 그런가 보다 했다. 평론가이고 완벽주의적인 성향이 있어서인가 싶었다. 그런데 나이를 먹어가면서, 어머니와 계속 이야기를 하면서 알게 되었다. 어머니를 닮았다는 것을.

몇 번의 계기가 있었다. 결혼을 하고 어머니에게 비싼 선물을 몇 번 해드렸다. 고급 화장품, 돌침대, 안마의자, 가발 같은 것들. 그때마다 안 싸운 적이 없다. 어머니는 그동안 다른 집 자식들이 그분들 어머니에게 뭔가 해드렸다는 이야기를 여러 번 하셨다. 싱크대와 돌침대 이야기도 몇 번 하셨던 것 같다. 그 이야기를 듣곤 나도 뭔가 해드려야 할 것 같은 압박감을 느낀 건 아니다. 그냥 해드리면 좋을 것 같았다. 내 형편도 되니까 해드렸을 뿐이다. 그런데 뭔가 해드리겠다고 할 때마다 어머니는 절대로 안 받겠다고 완강하게 거부하셨다. 돈을 못 버는 자식이 선물을 하려면 부담될까 봐 그러셨으리라. 세상 많은 어머니의 마음이 그렇다는 것을 모르는 자식이 있을까. 그렇다 해도 자식이 뭔가 해드린다고 하면 선선히 받으시면 좋을 텐데, 어머니가 그 물건을 받겠다고 받아들이시기 위해서는 항상 한참 싸워야 했다. 결국 포기하듯 받는다고 하시고도 어머니는 계속 안 받으면 안 되냐고 이야기를 번복하셨다. 심지어 돌침대가 도착하는 당일에도 취소하면 안 되냐며 속을 뒤집어놓으셨다. 이런 과정이 몇 번 반복되면서 내성이 생기기도 했지만, 지치고 마음이 상할 때가 많았다.

문제는 여기서 끝이 아니다. 어머니는 물건을 받아 잘 쓰시면서 잘 쓰고 있다고, 고맙다는 이야기를 하지 않는 편이다. 내가 물어보면 그제야 잘 쓰고 있다고 말씀하신다. 하지만 묻기 전에 "써보니 좋더라", "아들이 최고다" 같은 이야기는 거의 안 하신다. 본인이 나에게 음식을 보내실 때는 "맛있게 잘 먹었다"는 이야기를 듣고 싶어 하시면서 정작 본인은 그런 반응을 보이지 않으시는 거다.

서울에 올라오셔서 고급 식당에 갈 때도 마찬가지였다. 맛있는 걸 먹는 걸 좋아하는 나는 일 년에 한두 번 파인 다이닝 식당에 가는데, 가보니 정말 뭔가 달랐다. 이 맛을 어머니도 느끼게 해드리고 싶었다. 그래서 어머니에게 함께 가자고 하면, 그 돈이면 소고기가 몇 근이라고, 소고기 사다가 집에서 구워 먹자는 식으로 이야기하면서 가지 말자는 어머니와 한참 싸운 다음에야 식당에 갈 수 있었다. 이제는 가지 말자는 이야기를 들어도 그런가 보다 하고 말아버리지만, 식당에 도착해서도 뭐 하러 이렇게 비싼 걸 먹느냐는 이야기를 들으면 기분이 좋을 수 없었다. 그래도 파인 다이닝 식당에 몇 번 와보신 어머니는 음식에 차이가 있다는 걸 알게 되긴 하셨다. 예전만큼 완강하게 거부하지는 않는 편이다.

2021년 봄에는 어머니 생신을 서울에서 같이 보내기 위해 올라오셨다. 물론 오느니 마느니 몇 번 옥신각신한 뒤의 일이다. 나는 나이 들어 움직이기 힘들어하시는 어머니를 위해 광화문의 레지던스 호텔을 잡고, 근처 프랑스 식당의 디너 코스를 예약했다. 다음 날 경복궁을 둘러보고 우리 집에 갔다가 그다음 날 내려가시는 일정을 준비했다. 오래전부터 꼭 해보고 싶었던 일들이었다. 하지만 어머니는 뭐 하러 비싼 호텔에 가냐며 우리 집에 가면 안 되냐고 하셨다. 프랑스 식당에 갔을 때에도 왜 이렇게 비싼 곳에 오냐고 하셔서 금세 욱하는 내가 발끈하기도 했다. 그렇지만 어머니는 그곳의 디너 코스를 무척 맛있게 드셨고, 호텔도 마음에 들어 하셨다. 다음 날 경복궁을 산책할 때 날씨가 좀 춥긴 했지만, 나쁘지 않은 생일 파티였다.

그런데 집에 내려가신 어머니는 추웠던 것만 기억에 남는다고 하셨다. 경복궁을 산책할 때 날씨가 좀 쌀쌀하긴 했다. 하지만 그 순간 분명 어머니는 괜찮다고 하셨다. 특히 경복궁을 대강 둘러보고 나 혼자 호텔에 가서 체크아웃을 하고 짐을 챙겨온 30분이 문제였다. 부인님과 어머니는 경복궁에 남아 나를 기다렸다. 그때 부인님은 시어머니를 모시고 경복궁 안의 카페에 들어가 기다리려 했다. 하지만 사회적

거리두기 때문에 앉을 수 있는 자리가 한 자리밖에 없었다. 어머니 혼자라도 들어가 계시라고 했는데, 괜찮다고 밖에 있는 게 더 좋다고 하셨다 한다. 안 춥다고 하셨다 한다. 그래서 부인님도 그런 줄 알았는데, 며칠 뒤 소감을 묻는 우리에게 호텔이 좋았다거나, 음식이 맛있었다거나, 얼굴을 봐서 좋았다는 얘기는 한마디도 안 하고 추운 것만 기억에 남는다고 말씀하셨다. 너무 서운하고 어이가 없었다. 추우실까 봐 따뜻하게 입고 오시라고 수차례 말씀드렸고, 경복궁에서 추우니 카페에 들어가자고 할 때도 괜찮다고 하셔놓고는 나중에 추운 것만 기억난다고 하시면 대체 어떤 말씀을 믿어야 하나 싶었다.

아니, 설령 그때 추워서 힘들었다고 해도 애써 준비한 자식 부부를 위해 기분 좋았던 이야기를 먼저 해주시면 안 되었던 걸까 싶었다. 그때 분명히 깨달았다. 어머니는 긍정적이고 낙관적인 사람이 아니라 부정적인 사람이라는 사실을.

한 달 뒤 아버지 제삿날 다시 만났을 때, 이 이야기를 꺼냈다. 어머니는 얼굴이 빨개지시더니 아무 반박도 못 하고 웃기만 하셨다. 춥다고만 생각하진 않으셨는데, 그 이야기가 툭 튀어나왔다고 하셨다. 안다. 어머니는 부정적인 반응이 많으실 뿐 아니라, 이야기를 두서없이 하신다. 뒷감당 못 하는 센 이야기를 무턱대고 던지는 일도 드물지 않다. 당연히 종종 말로 분란을 자초하기도 한다. 나도 마찬가지이다. 다른 사람들과 이야기를 할 때 내 이야기는 항상 널뛴다. 의식의 흐름대로 이야기한다고 할까. 상대방의 기분을 상하게 하거나 분위기를 깨는 이야기를 불쑥불쑥 던질 때도 적지 않다. 나는 내가 그런 줄 몰랐다. 상대의 속을 긁는 이야기를 툭툭 던지는 건 다른 이유 때문인 줄 알았다. 그런데 어머니와 계속 이야기를 하다가 뒤늦게 깨달았다. 어머니와 닮은 거였다. 나는 어머니의 자식이 맞았다.

닮은 건 이것만이 아니다. 성격이 급한 것도 닮았고, 부지런한 것도 닮았다. 어머니와 나는 부지런하다 못해 잠시도 가만히 있지 못한다. 밥을 먹으면서 밥상 주변을 치우는 식이다. 가끔씩 고향집에 가면 어머니는 항상 새벽부터 뭔가를 하신다. 가만히 쉬거나 멍때리는 일이 별로 없다. 마음의 여유도 많지 않다. 나도 마찬가지다. 내가 성실한 성격이어서 그런가 보다 했는데 어머니를 빼다 박은 거였다.

부정적인 성격은 성격이 예민하거나 까칠해서만은 아니었다. 자존감이 낮은 거였다. 나이를 먹고, 자신에 대해 계속 생각하고, 다른 사람들을 보면서, 어머니와 더 많이 이야기하다 보니 알게 되었다. 어머니는 내가 그러하듯 자존감이 낮으셨다. 좋은 물건을 사드려도 선선히 받지 않는 것, 좀처럼 좋은 물건을 사지 않는 건 돈이 없거나 돈이 아깝기 때문이 아니었다. 어머니는 늙어가지고 그런 걸 쓰면 뭐 하냐는 식의 반응을 보일 때가 많으셨다. 반드시 좋은 물건을 써야만 자신을 아끼고 존중하는 것은 아니겠지만, 굳이 그렇게 말씀하시면서 거부하실 필요는 없는데, 어머니는 늘 자신에게 인색하셨다. 그러면서 다른 사람들을 부러워하셨고 계속 비교하셨다. 자신은 불행하다고 하셨다. 아무리 비싼 물건이라도 자신을 위해 해줄 수 있는 건데, 어머니는 그렇게 생각하시는 법이 없었다. 늙어가지고 좋은 걸 쓰면 뭐하냐는 식이었다. 그러면서 누군가는 호사를 누린다고 부러워하는 이야기를 계속하셨다.

　물론 내가 모르는 이야기가 많을 것이다. 어머니가 내게 하지 못하는 속 이야기가 한둘이 아닐 것이다. 돈 버는 남편 없이 늙어서도 혼자 벌어가며 살아야 한다는 현실의 압박 때문일 수 있을 것이다. 욕심 많고 질투심도 많은데 잘되는 건 별로 없는 삶을 살아오셨기 때문이기도 하지 않을까. 무엇보다 가부장제 사회에 억눌린 세대인 어머니는 자신의 욕망대로, 자신의 의지대로 살지 못하셨다. 좋지 않은 남편을 만나 고생을 너무 많이 하셨다. 제멋대로인 두 아들 때문에 눈물지을 때도 많았다. 자랄 때는 그렇지 않았는데 결혼 후에는 돈이 없어서 고생하셨다. 예쁘다는 이야기를 듣지 못하셨고, 전문적인 직업을 갖지 못하셨다. 집에만 매여 살았다. 남편과 아들 뒷바라지만 하는 삶이었다. 내세우거나 자랑할 게 없었다.

아버지는 돈을 잘 버는 사람이 아니었다. 아내를 존중하고 사려 깊게 대하는 사람이 아니었다. 재미있거나 요령이 좋은 사람도 아니었다. 다정함과도 거리가 멀었다. 아내에게 주먹을 휘두르고, 바람을 피우고, 끊임없이 의심하고 간섭한 아버지. 아내에게 오랫동안 병수발을 들게 한 아버지, 고집 세고 요령 없어 친구도 없는 아버지였다. 그러다 먼저 가버린 사람이었다. 아들 둘 가운데 큰아들은 국민학교 때만 해도 공부를 잘했지만 고등학교 때부터 운동권이 되었다. 둘째 아들 역시 속을 박박 긁었다. 어머니는 집안 어디에도 기댈 곳이 없었다. 어머니가 그 긴긴 세월 동안 얼마나 외로우셨을지 짐작조차 할 수 없다.

요즘 같으면 다르게 살 수 있었을지 모른다. 아버지가 가정폭력을 휘두르거나 바람을 피울 때 즉시 이혼을 했을 수도 있다. 하지만 어머니는 이혼하지 않고 견디는 것이 당연한 시대의 여성이었다. 어머니는 이혼녀라는 딱지를 견딜 자신이 없었다. 주변에는 이혼한 여성을 험담하는 사람들이 가득했다. 아무도 그들의 편을 들어주지 않았다. 어머니는 자신이 하고 싶은 걸 당당하게 이야기해본 적 없고, 해보지도 못하는 세월을 너무 오래 사셨다. 고향은 너무 좁았고 사람들은 남의 이야기를 아무렇게나 옮겼다. 자유롭고 당당하게 사는 또래 여성은 드물었다. 성격마저 소심한 어머니, 그런데도 말은 세게 하시는 어머니는 남들의 시선과 입방아를 가볍게 무시하지 못하셨다. 내가 이혼녀의 자식이라는 손가락질을 받을까 봐 두려웠다고 했다. 그렇다면 나라도 어머니의 마음을 잘 살피고 맞춰드렸어야 했는데, 나 역시 무심하고 이기적인 가부장제의 아들일 뿐이었다. 세 남자는 아무도 어머니의 편이 아니었다. 아무도 어머니를 존중하지 않았다. 고향의 외할아버지가 부자였다고, 당신의 성씨가 양반 성씨라고 이야기하셨던 것은 그것 말고는 자랑할 일이 별로 없기 때문이었다는 것을 뒤늦게 깨달았다.

다행히 어머니도 변하고 나도 변하고 있다. 어머니는 이제 가끔씩 자신이 사고 싶은 옷들을 사면서 자신을 위해 돈을 쓰기도 하신다. 나도 좀 더 어머니에게 다정하려 노력한다. 하지만 여전히 혼자서 계속 일을 하며 살아가는 어머니는 스스로 행복하다고 생각하지 않는 것 같다. 늘 자신이 고생을 너무 많이 했다면서, 여전히 다른 이들과 자기를 비교하신다. 외로움을 많이 타는 데다 자존감 낮은 성격이니 더더욱 그러실 것이다.

어머니의 낮은 자존감이 나에게 이어져 있다는 것을, 어머니가 늙어간다는 것을 느낄 때마다 내 마음은 애틋해진다. 어머니가 자신의 마음을 드러낼 때마다 죄송해진다. 어머니는 아버지와 만나지 않는 편이 나았을 것이다. 무심한 아들보다 다정한 딸을 낳는 편이 나았을 것이다. 나의 성격도 어머니를 닮지 않는 편이 나았겠다 싶지만, 이제는 다르게 살기 어려웠던 어머니의 시간들과 가부장제의 무게가 더 무겁게 다가온다. 어머니에게 져드리지 않는 나의 무심하고 이기적인 모습이 더 잘 보인다. 49년째 싸우며 이야기하다 보니 어머니를 조금씩 알게 된다. 페미니즘을 공부하다 보니 노년 여성의 삶에 대해서도 다르게 생각하게 된다.

앞으로 우리에게 허락된 시간이 얼마나 있을까. 우리는 티격태격하며 많이 친해졌지만, 남은 시간 동안 서로를 더 잘 알게 되었으면 좋겠다. 조금씩 더 친해졌으면 좋겠다. 어머니가 가끔은 나를 고마워하고 자랑스러워했으면 좋겠다.

무디고 이기적인 나와 50년 살기

나는 무디다. 예민하지 않다. 그 런데 사람들은 내 성격이 까칠하니까, 글을 쓰니까 예민하 다고 생각한다. 소셜미디어에 자주 감정을 드러내고, 슬프 거나 우울한 얘기를 꺼내니 예민하다고 여기는 이들이 대부 분이다. 하지만 나는 그다지 예민하지 않다. 오히려 무딘 편 이다.

부인님 덕분에 알았다. 이런 식이다. 같이 산에 간다. 산에 무슨 꽃이 예쁘다고 부인님이 이야기한다. 이런! 나는 그 이야기를 듣기 전까지는 꽃이 피어 있는지조차 몰랐다. 못 본 것이다. 관심이 없는 것이다. 나는 내가 보고 싶은 것만 본다. 내가 좋아하는 것에만 반응한다. 그러니 똑같이 보아도 발견하지 못하는 게 한둘이 아니다.

예민하지 않다는 것보다 더 큰 문제는 이기적이라는 사실이다. 나는 자기중심적이다. 그래서인지 눈치가 없다. 다른 사람의 기분이 어떤지 잘 알아차리지 못한다. 다른 이들에게 별 관심이 없기도 했다. 다른 사람이 힘들어하는 이야기를 해도 공감하지 못했다. 그런 이야기를 듣는 게 도무지 즐겁지 않았다. 일상적으로 대화를 나눌 때도 집중하지 않을 때가 대부분이었다. 상대방의 이야기를 듣고 있지만 머릿속으로는 내 이야기를 더 많이 떠올리곤 했다. 내가 얼마나 외롭고 고통스러운지 이야기하고 싶어 발을 동동 구르느라 상대의 이야기는 듣는 둥 마는 둥 할 때가 한두 번이 아니었다.

가장 친한 친구 L은 20여 년 전 이런 나를 크게 혼냈다. 내가 대화에 집중하지 않는다는 거였다. 그랬을 것이다. 그때 나는 이야기하면서 핸드폰을 만지작거리거나, 내 이야기를 할 때만 집중하다가 L이 이야기를 할 때는 시큰둥하게 반응했을 것이다. 이런 식이니 누구와도 깊이 친하지 못한 게 아닐까. 포커페이스가 안 되는 나는 다 티가 났을 것이다. 누구도 귀 기울여 듣지 않는 사람을 좋아하지 않는다. 자신을 존중하지 않는 사람을 다시 만나고 싶은 사람은 없다. 밴댕이 소갈딱지 같은 사람을 좋아하는 사람 역시 드물다. 내가 사랑받지 못한다고 느끼고, 자주 외톨이가 된 기분에 휩싸인 건 전적으로 내 탓이었다. 일부러 그런 건 아니었다 해도.

사람은 다른 사람에게 자신을 비춰봐야 자신을 안다고 했던가. 문화예술계에서 일한다고 다 예민하고 섬세하다는 것은 오해이다. 그쪽 사람이라고 항상 다른 이들에게 다정하고 세상 모든 일에 마음을 열고 대하지는 않는다. 아니다. 다른 사람들은 그럴 것이다. 다만 내가 그렇지 않은 사람인 거다. 그런데도 예민한 사람, 섬세한 사람, 다정한 사람으로 보이고 싶었다. 그게 멋지니까. 있어 보이니까. 그래서 마음 깊은 곳의 이야기, 여리거나 섬세해 보이는 이야기만 선별해 소셜미디어에 올렸다. 전시하는 것이다. 사기 치는 것이다. 조작하는 것이다. 내 안에는 여리고 섬세하고 다정한 사람인 양 나를 치장하는 나와 그런 나를 어이없어하는 내가 50년째 함께 사는 중이다.

그런데 나이 들고 사람들을 계속 만나다 보면 자신을 더 잘 알게 된다. 숨기지 않게 되기도 한다. 사실 숨긴다고 숨겨도 사람들은 다 알아차린다. 사람들의 반응을 계속 보게 되면 아무리 무딘 사람도 다른 사람에게 비친 자신의 모습을 모를 수 없다. 외면할 수 없다. 그때부터는 인정하고 견디거나 바꿔야 한다. 무심하고 이기적인 자신을 인정하고 사랑하거나 더 나은 모습으로 탈바꿈해야 했다. 자존감이 높은 사람이라면 무디고 이기적인 자신이라도 아무렇지 않았을 것이다. 하지만 자존감이 낮을 뿐 아니라, 만인에게 사랑받고 싶어 하는 애정결핍증 환자인 나는 무심하고 이기적이어서 사랑받지 못하는 나를 견디기 어려웠다. 오래도록 이런 자신을 미워했다.

이렇게는 못 살겠다 싶어 가면을 여러 겹 겹쳐 써보기도 했다. 하지만 계속 그렇게 살기는 어려웠다. 가면은 금세 벗겨졌다. 이사를 가듯 다른 성격을 가진 사람이 되는 것도 불가능했다. 다른 방법을 찾아야 했다. 이런저런 노력을 해봤지만 나를 가장 많이 가르친 것은 시간이었다. 사람이었다. 살아가며 만나는 사람들이 나를 가르쳤다. 모든 사람에게 사랑받기는 불가능하다고, 세상 사람들은 대부분 나에게 관심이 없다고. 몇몇은 나를 좋아했지만, 몇몇은 끝내 친해지지 못했고, 몇몇과는 결국 멀어지면서 배웠다. 모든 사람에게 사랑받으려는 건 불가능한 욕심이었다. 나는 그만한 매력이 없는 사람이었다. 지금 곁에 있는 사람들과 사이좋게 지내는 게 최선이었다. 다가오면 반갑게 맞고 멀어지면 담담하게 보내는 수밖에 없었다. 그러다 다시 만나면 반갑게 인사하는 것 외에 할 수 있는 일이 없었다.

살다 보니 다른 사람의 삶도 짠하고 안쓰럽다는 생각이 들 때가 많았다. 아무리 멋지고 화려해 보이는 사람도 고통의 총량은 비슷했다. 유명한 누군가가 돌연 세상을 버렸다는 소식을 들을 때마다 그의 어깨는 나보다 더 무거웠구나 싶었다. 인생 참 별거 없다는 생각을 안 할 수 없었다. 굳이 얼마나 행복한지 자랑할 필요가 없었다. 행복은 찰나였고, 일상은 누구에게든 지겹거나 고통스러울 때가 대부분이었다. 사람들의 삶은 거기서 거기라는 것을 알게 되면서 다른 사람들의 얼굴에 새겨진 주름살이 더 잘 보였다. 다른 이들의 이야기에 더 자주 공감하게 되었고, 더 깊이 귀를 기울이게 되었다.

그렇다고 친구가 늘어나거나 인기 있는 사람이 되지는 못했다. 무디고 이기적인 사람은 노력해도 엄청나게 섬세해지거나 다정해지지 못한다. 리모델링하듯 완벽하게 변하면 좋을 텐데 사람은 완전히 바뀌지 못한다는 것을 인정하는 수밖에 없었다. 그런 자신이라도 데리고 사는 수밖에 없었다. 크게 사고 치지 않도록 어르고 달래면서. 잘못하면 빨리 사과하면서. 같은 잘못을 반복하지 않으려고 발버둥 치면서. 이런 나라도 너무 미워하지 않으려고 애쓰면서. 그렇게 살다 보니 쉰 살이 코앞이다. 그래도 50년 동안 함께 산 덕분에 '서정민갑'이라는 사람만큼은 좀 안다고 할 수 있을 것 같다. 예순 살이 되고, 일흔 살이 되면 제법 잘 어르고 달래지 않을까. 이제는 그날이 궁금하고 기대되는 걸 보면 나도 꽤 늙은 모양이다.

아버지, 아버지

아버지와 좋았던 기억이 거의 없다. 사춘기 이후론 매일 싸웠다. 아버지의 잔소리에 맞서 싸우고, 아버지의 고지식함을 비웃었다. 당신은 억압적인 사람이었다. 내가 음악만 듣고 공부를 안 한다고 아끼는 카세트테이프를 빼앗아 갔고, 텔레비전을 다락방 속에 넣어두고 허락을 받은 후에야 볼 수 있게 할 정도였다. 고등학교 때 빠져들어 읽기 시작한 인문사회과학 책들을 압수하기도 했다. 당신은 여러 번 바람을 피웠으면서 어머니의 일거수일 투족을 사사건건 감시했다. 어렸을 때부터 까칠했고, 당신만큼 고지식했으며, 일찍부터 '운동권'에 관심을 가진 장남은 사사건건 말대꾸를 하며 싸웠다. 집 안에서는 하루도 고성이 오가지 않는 날이 없었다. 싸움은 1993년 무렵 당신이 간경화로 돌아가실 뻔했을 때, 황달이 와 노랗게 된 당신의 눈과 부푼 배를 보고서야 끝이 났다.

어릴 때 당신은 어머니를 때리는 남편이었고, 내가 주산학원에서 승급시험 떨어진 걸 이야기하지 않았다고 갑자기 옷을 다 벗기고 벨트로 때린 다음 베란다로 쫓아내던 사람이었다. 돈을 아낀다고 경찰임을 앞세워 공짜로 극장에 가던 사람이었고, 목욕탕에 가면 때를 벗기고 또 벗기면서 2시간은 있다 나오던 사람이었다.

당신이 노력을 하지 않은 것은 아니었다. 여름이면 식구들을 데리고 홍도에 가기도 하고, 대흥사 같은 절에 함께 가기도 했지만 하나도 즐겁지 않았다. 당신은 여름 계곡에 가면 늘 옷을 벗고 수영하기를 좋아했다. 한번은 큰 절 앞 계곡에서 그리하다 스님에게 혼나고 쫓겨나기도 했다. 나는 그게 참 싫었다. 당신은 놀 줄 몰랐고, 돈을 쓸 줄 몰랐다. 아니

우리가 무얼 좋아하는지 묻지도 않았다. 우리는 억지로 따라갈 뿐이었다. 그래도 가족들과 뭔가 해보려고 여행을 가기도 한 거였을 텐데, 아버지는 좀처럼 성공하지 못했다.

당신은 유머가 없는 답답하고 재미없는 사람이었고, 다른 사람의 마음을 배려하거나 사로잡을 줄 모르는 사람이었다. 게다가 독선적이고 괴팍했으며, 계속 자신이 이루지 못하고 서러웠던 일들에 사로잡혀 있었다. 자식들을 사랑하지 않은 것은 아니었다. 하지만 아버지의 사랑은 번번이 어긋났다. 지금 생각하면 그게 참 가슴 아프다. 고기도 먹어본 사람이 먹는다고, 놀아본 사람이 놀 줄 아는 것. 아버지의 시대에는 다정한 아버지의 모델이 없었고, 오직 권위적인 아버지만 넘쳐났다. 그래서인지 아버지는 자식들에게 다정하게 말하면서 상대를 존중하거나 설득하면서 어르고 달랠 줄 몰랐다. 찢어지게 가난했으며 고지식했던 아버지는 통 크게 놀 줄 몰랐다. 그저 어렸을 때부터 서러웠던 기억을 싸안고, 도무지 잘 맞지 않는 사람들과 함께 일하느라 힘들게 살고 있었다. 당신은 그걸 알아주지 않는 가족들에게 화내고 서운해하며 외롭게 군림하는 사람이었다.

어머니는 어쩌다 이런 남자와 결혼을 했고, 나는 어쩌다 이런 사람의 아들이며, 아버지는 어쩌다 이런 아들을 얻었을까. 우리는 안 만나는 게 더 좋았을 거라는 생각을 수도 없이 했다. 나도 화목한 가정에서 자랐으면 좋았겠다 싶고, 아버지의 어떤 성격은 닮지 않았으면 좋았겠다 싶다. 아버지도 나보다는 말 잘 듣고 공부 잘하는 아들을 원하셨을 텐데. 하지만 가족은 복불복이다. 선택할 수 없고 바꿀 수 없다. 누군가의 말처럼 아무도 안 볼 때 쓰레기통에 처박아버리고 싶은 관계에 더 가깝다.

하지만 살다 보면 살게 되고 그리워지기도 한다. 아버지는 거의 돌아가실 뻔했던 1993년 이후 10년쯤 더 살다 돌아가셨다. 나는 여전히 운동권이었고, 그다지 다정하지도 않았지만 아픈 아버지와 싸우는 일은 줄었다. 절에 열심히 다니기 시작한 아버지도 조금씩 달라지셨다. 잔소리를 줄이셨고, 목소리를 낮추셨다. 늙고 병든 아버지는 예전의 아버지가 아니었다. 돌아가시던 해 설날 무렵에는 자신이 잘못했다고 용서 바란다고 적은 쪽지를 조용히 건네주기도 하셨다. 당신은 이제 살날이 얼마 남지 않았다는 것을 알고 계셨던 것일까.

세상이 월드컵의 열기로 달아오르기 시작할 즈음 상태가

안 좋아지셨던 아버지는 갑자기 떠나셨다. 나와 동생은 부랴부랴 옷을 챙겨 입고 내려가 상을 치렀다. 그리고 몇 년 동안 참 힘이 들었다. 아무리 미운 아버지도 아버지는 아버지였다. 아버지의 갑작스러운 부재는 나를 사막으로 내몬 것만 같았다. 아버지가 떠나시고 혼자 있는 어머니가 걱정돼 날마다 전화를 드렸지만, 우리는 모두 각자의 공허함을 견딜 수가 없었다. 그해 가을쯤, 어머니와 통화를 하다가 그래도 보고 싶지 않느냐는 말에 전화를 끊고 한참을 통곡하듯 울었던 기억은 아직도 생생하다.

그해 가을 나는 한 달쯤 달리기를 했다. 늦은 밤 퇴근을 하고, 저녁을 먹은 후 동네 학교 운동장을 뛰었다. 어두컴컴한 운동장을 혼자 뛸 때는 내 발자국 소리와 숨소리 말고는 아무 소리도 들리지 않았다. 무서웠지만 그렇게 뛰지 않으면, 뛰면서 내 안의 적막을 태우지 않으면 견딜 수 없을 것 같았다. 그때 뛰던 내 얼굴에 흐르던 것이 땀이었는지 아니었는지 지금도 잘 모르겠다.

당신이 떠나신 후, 20여 년쯤이 지나고 나 역시 나이가 들어 세상을 살아가다 보니 이제는 달리 생각해보게 된다. 내가 아버지의 기를 살려드렸다면 어땠을까 싶고, 가끔은 져드려도 좋지 않았을까 싶다. 어머니와 여행을 가거나 맛있는 걸 먹으러 갈 때면, 아버지가 살아 계실 때 좋은 추억 하나 만들어드리지 못한 게 늘 죄스럽다. 이제는 아버지의 마음을 알 것 같고, 잘해드릴 수도 있을 것 같은데 당신은 곁에 없다. 부정할 수 없는 아버지의 아들임을 느낄 때면 더 생각나는 당신. 언젠가 다시 만나게 된다면 정말 잘해드리고 싶은 당신.

불타는 적개심

　　　　　불타는 적개심으로 운동하던
시절이 있다. 아랫배에 쌓여가는 지방 덩어리를 미워하며
달리기 했다는 이야기가 아니다. 대통령과 집권당, 경찰과
언론에 대한 분노가 도무지 사그라들지 않던 시절의 이야기
다. 1997년 대선으로 맨 처음 정권교체가 이뤄졌을 때까지
는 그러지 않았을까. 그때는 더 나은 세상에 대한 대안이나
미래에 대한 낙관보다 절망과 분노가 나를 이끌었다. 학생

운동의 분위기도 마찬가지였다.

벼락처럼 진실을 알게 된 세상은 납득할 수 없는 일, 부당하고 잘못된 일투성이었다. 세상을 삐딱하게 보기 시작한 고등학교 2학년 시절부터 읽은 책들은 세상에 얼마나 잘못된 일이 많은지 지겹도록 알려주었다. 광주항쟁, 한국전쟁, 미군 범죄, 교과서, 5공화국… 눈길 닿는 곳마다 피눈물 나는 진실이 숨어 있었다. 뒤늦게 진실을 깨달을 때마다 욕지기가 치밀어 올랐다. 대체 세상이 왜 이러나 싶었다.

대통령 노태우부터 문제였다. 그는 전두환과 함께 광주학살의 주범이었을 뿐 아니라, 군부 출신의 대통령으로 1989년 전교조 선생님들을 해직시킨 원흉이었다. 학생운동과 노동운동을 탄압한 공안 통치의 주역이었다. 지금도 잊히지 않는 1991년 5월 투쟁 당시의 구호는 "살인정권 폭력정권, 노태우정권 타도하자"였다. 노태우와 당시 여당이던 민주자유당을 용서할 수 없게 만든 일은 수두룩했다. 그 결과 학살, 해체, 퇴진, 타도 같은 단어가 입에서 떠나지 않았다. 노태우가 대통령이던 시절의 시위는 화염병과 쇠파이프, 최루탄의 공방이기 일쑤였고, 세상은 우리 편과 적으로 선명하게 갈라졌다. 나는 대결, 전투, 전복, 승리, 해방의 서사에 길들어 있었다.

　뒤를 이은 김영삼 또한 민주투사가 아니라 학살자와 독재자 세력에게 투항한 배신자로밖에 보이지 않았다. 김영삼 대통령은 문민정부라는 허울을 쓰고 등장한 가짜일 뿐이었다. 집권 초기 벼락같은 개혁 조치들로 인기몰이를 했지만, 그래서 퇴진이라거나 타도라는 말을 쉽게 꺼내지 못했지만, 도무지 지지할 수 없었다. 대구에서 가스폭발 사고가 일어나고, 삼풍백화점이 무너지고, 성수대교가 붕괴했을 때마다 그럴 줄 알았다는 듯 김영삼의 잘못이라고 목소리를 높이곤 했다. 이제 와 생각하면 김영삼은 운이 좋지 않았다. 김영삼의 잘못이 없지 않았지만, 김영삼이 잘못한 일은 따로 있었다. 김영삼은 개발독재 시대에 쌓인 문제들을 덤터기로 뒤집어쓰지 않았다고 말하기 어려웠다. 누군가의 말처럼 김영삼은 뒤늦게 밀린 설거지만 하다 물러난 셈이었다. 하지만 대통령중심제 체제에서는 대통령에게 책임을 묻는 데 익숙했고, 그게 가장 편리했다. 게다가 1996년 무렵 학생운동권과 김영삼 정부는 노수석 열사, 8·15 통일대축전 등의 사건을 거치면서 건널 수 없는 다리를 건너버렸다. 엔엘(NL) 강경파가 주도한 당시 한총련(한국대학총학생회연합)은 신념의 강

자가 되어 결사 항전하자는 분위기였기 때문에 학생운동은
비장하게 격앙되어 있었다.

오래도록 빼앗기고 억압당하고 탄압받아온 계급사회, 반
공 독재사회에는 도처에 휘발유 같은 분노가 쌓여 있었다.
권리를 빼앗기고 쫓겨나고 죽임을 당하는 이들이 수두룩한
세상에서는 분노에 불을 붙여 폭로하고 항의하고 투쟁하는
일이 당연하게 느껴졌다. 그만큼 청산되지 않은 과거, 시시
비비조차 가리지 못한 일들이 수두룩했다. 눈에 보이는 집
권 세력만이 분노의 대상이 아니었다. 미제국주의와 자본주
의 체제 역시 분노를 유발하는 주범이었다. 1990년대의 학
생운동은 얼마나 비상식적인 일이 벌어지고, 얼마나 분노하
는지 보여주기를 끝없이 반복하는 것 같았다. 역사에 대한
낙관이나 민중에 대한 믿음보다 불의에 대한 분노가 앞섰
다. 김영삼 대통령 때는 잠시 분위기가 바뀌었지만, 자유롭
게 집회를 할 수 없도록 원천 봉쇄하거나 강제 진압하는 일
이 빈번했기 때문에 세상이 많이 변했다고 느끼기 어려웠
다. 경찰이 학교 안까지 들어와 수배 중인 학생회 간부를 잡
아가는 일이 너무 흔했다. 1990년대 중반이 되어서도 시위
를 하다가 목숨을 잃거나 스스로 목숨을 버리며 싸우는 이

들이 끊이지 않는 세상을 좋아졌다고 할 수는 없었다.

그 결과 1990년대 대학에서 마이크를 잡은 이들의 목소리는 늘상 높고 날카로웠다. 노래 역시 마찬가지였다. 날이 서 있는 노래들이 그득했다. "적들의 심장에 피의 불벼락을 내리자"(《복수가》) 같은 노래를 부를 때 눈앞에 보이는 세상은 엑스세대와 오렌지족으로 가득 찬 자유분방한 세상이 아니었다.

하지만 언젠가부터 그렇게 생각하는 사람은 운동권들뿐이었다. 대학에는 자유와 개성을 찾으려는 이들이 즐비했고, 다들 배낭여행과 어학연수를 떠났다. 사람들은 투표로 뽑은 김영삼을 대통령으로 인정해, 화염병을 던지고 쇠파이프를 휘두르는 운동 방식을 부담스러워했다. 1990년대에 참여연대나 환경운동연합 같은 시민운동이 각광을 받은 이유일 것이다. 차츰 세상은 정권을 타도하거나 체제를 전복시키지 않는 운동, 가두에서 시위를 벌이기보다 서명운동을 벌이고 포럼을 여는 운동, 모여서 함께 노래 부르며 싸우지 않는 운동의 시대로 건너갔다.

그렇지만 세상의 변화를 인정하면서도 몸에 밴 습성이나 정서를 버리는 일은 쉽지 않았다. 따지고 보면 대학 시절은 잠시였고 그 뒤의 시간이 더 길었다. 그럼에도 그때 습득한 세계관과 정서, 태도는 오래 잠복했다. 그래서일 것이다. 이따금 원 없이 화염병을 던지던 시절이 그립고, 그때의 영상을 보면 여전히 심장이 뛴다. 팔을 쭉쭉 뻗으며 민중가요를 부를 일이 생기면 저절로 손이 올라간다. 그 시절 부르던 노래들은 아직도 다 기억난다. 거리를 달리며 구호를 외칠 때면 좋아서 웃음이 나오기도 한다.

세상이 변하긴 했다. 그걸 모르지 않는다. 이제는 집회를 한다고 두들겨 맞지 않고, 잡혀간다고 고문을 당하지 않는다. 진보정당과 진보정당 국회의원도 여럿이다. 거리를 점거하거나 경찰과 몸으로 싸우는 투쟁을 보는 일도 쉽지 않다. 대부분의 집회는 문화제 방식으로 치러진다. 집회보다 소셜미디어의 리트위트(RT)와 텀블벅 후원이 더 자연스럽게 느껴질 정도다. 불타는 적개심을 토해내는 목소리를 듣기는 어려워졌다. 이제는 그렇게 말하는 스타일은 구태의연하고, 유머 넘치게 받아치는 어법이 세련되고 멋지게 보인다. 나 역시 점점 그런 목소리에 더 끌렸다.

그렇다고 짓밟히는 사람, 우는 사람, 죽는 사람이 없을까. 김대중, 노무현으로 이어진 10년 동안, 그리고 이명박, 박근

혜로 이어진 또 다른 시간 동안 사람들은 계속 죽어갔다. 하지만 사람들은 어떤 죽음은 외면했다. 빈민이 죽고 노동자가 죽고 농민이 죽을 때, 어떤 사람들은 대통령이 누군가에 따라 목소리를 높이거나 낮추었다. 사람들은 가난한 사람, 병든 사람, 싸우는 사람의 눈물과 죽음에 관심이 없어 보일 때가 많았다. 울며 외치는 목소리, 죽어가며 지르는 비명 소리는 항상 지워지고 조용히 사라졌다.

그럼에도 그런 죽음을 전하려 애쓰는 사람들이 있어 가까스로 들을 수 있었다. 세상이 변했지만 어떤 부분은 변하지 않고 더 나빠지기도 한다는 것을 그들 덕분에 항상 한발 늦게라도 깨달으며 부끄러워하고 죄스러워할 수 있었다. 세상에는 여전히 슬픔과 분노로 말하는 이들이 적지 않았다. 가족을 잃거나 직장을 잃은 사람들, 오늘의 평화와 내일의 희망을 빼앗긴 사람들이 끊이지 않았다. 문재인 대통령의 시대에도 분노를 삭일 수 없게 하는 일들이 끊이지 않는다. 하지만 문재인 대통령에게 불타는 적개심을 드러내는 사람들은 태극기부대뿐이었다. 이제는 한국 사회도 민주화되었기 때문에 1980년대처럼 격하게 싸울 필요는 없다고 생각했던 걸까. 아니면 문재인 대통령을 믿고 지지하는 사람들이 많

아서였을까. 혹시 제법 살 만해졌거나 자기 살기에도 바쁘
다 보니 다른 이들의 고통에 신경을 꺼버린 것일까. 혹시 한
국 사회의 변화를 주도하는 움직임이 운동보다 법과 제도의
공식적 영역으로 이동했기 때문에 이렇게 목소리를 높일 필
요가 없다고 생각했던 것일까.

　변화의 원인을 분석할 능력은 없다. 다만 이제는 누군가
적개심에 가까운 분노를 터트릴 때면, 내가 얼마나 다른 처
지인지를 먼저 생각하려고 노력한다. 노동자의 목소리를 들
으면 몸을 쓰거나 직장에 소속되어 일하지 않는 나의 직업
을 생각하고, 성폭력과 성차별에 분노하는 여성들의 목소리
를 들으면 잘못했던 일들과 내가 한국 남자 가운데 하나라
는 사실을 묵묵히 마주한다. 장애인, 성소수자, 이주노동자,
청소년, 국가 폭력 피해자의 목소리를 들을 때도 마찬가지
다. 세상 억울하고 눈물 멈추지 않는 사람들, 그런데도 불타
는 적개심을 겨우겨우 누르며 말하는 사람들은 여전히 사라
지지 않았다. 다만 내가 그 사람이 아닌 것이다. 당사자가 아
니라서 모르는 것이다. 잘 듣지 못하는 것이다. 들으려 애쓰
지 않거나, 주변에서 그 목소리를 들려주는 이들이 많지 않
을 만큼 나의 네트워크가 빤한 것이다. 나는 그렇게 말하지

않아도 이야기가 통할 만큼 기득권을 가지고 있기 때문이기도 하지 않을까.

분노보다 사랑이, 미움보다 용서가 세상을 바꾼다고 생각하지 않는다. 어쩌면 당사자가 아니기 때문에 용서와 사랑을 말할 수 있는 것 아닐까 싶어 선뜻 무슨 말을 하기 어렵다. 당사자는 그런 이야기를 듣는 것만으로 고통스러울 수 있기 때문에 더더욱 조심스럽다. 지금 한국은 선진국이라고 불릴 만큼 모든 면에서 예전보다 훨씬 나아지기도 했다. 그리고 태극기부대나 특정 정치 세력의 날 선 분노에는 나 역시 신물이 난다. 어쩌면 분노가 넘치는 세상, 정의감 넘치는 이들이 활개 치는 세상은 다른 의미에서 지옥일지 모른다. 이제 나는 자신에 대해서나 세상에 대해서나 적개심을 활활 태울 정도의 에너지가 없기도 하다. 그럼에도 나는 지금 화가 난 사람들의 목소리를 계속 들어야 한다고 생각한다. 마음껏 말할 수 있는 지옥이 말하지 못하는 지옥보다 낫지 않을까. 서로에게 계속 귀를 내주면서 사는 세상, 그것이 함께 살기 위해 감당해야 할 최소한의 인내와 배려가 아닐까. 민주주의는 서로의 이야기에 귀를 열 때 지킬 수 있다. 아직은 마냥 웃기만 해도 되는 때가 아니다.

좌파가 되지 못하더라도

　　　　　　　　학생운동을 하던 1990년대의 나는 엔엘(NL)이었다. NL은 반미, 통일, 민족 자주를 중요하게 생각하는 학생운동의 다수 정파였다. 의도적으로 선택한 건 아니었다. 그저 좋아했던 과 선배들과 주변 사람들이 NL이었던 탓이다. 학생운동을 한 사람들의 정파는 새내기 시절 우연처럼 결정되곤 했다. 내가 NL이라고 불린다는 것을 뒤늦게 알게 되는 식이었다.

내가 다녔던 학교에는 NL과 '21세기 진보학생연합'이라는 학생운동 정파 외에 다른 정파는 존재하지 않았다. 다른 정파, 특히 노동운동을 중시하는 피디(PD) 정파의 이야기를 들을 일이 적었다. 그때 나는 다른 정파에 관심이 많았다. 큰 집회에 갈 때마다 여러 정파의 유인물을 일일이 챙겨 와서 읽어보곤 했다. 호기심이 많은 내가 복학한 후 NL 비주류가 된 건 어쩌면 당연한 일이었다. 그렇다고 NL의 관점에서 벗어나지는 않았다. 당시 한총련의 강경 일변도 활동 방식에 문제의식을 느끼고, 진보정당 운동에 빨리 공감했을 뿐이었다.

그런데 1990년대 학생운동권에서 NL과 경쟁하던 PD 정파는 스스로를 좌파라고 불렀다. NL이 우파였을 리는 없다. PD 쪽에서 보기에 NL은 민족주의 경향을 띠기 때문에 우파라고 부르면서 자신들만 좌파라고 한정하는 표현이었다. 기억이 정확하지 않지만 좌파라는 단어는 PD 계열에서 주로 썼다. 진보세력이라는 표현도 아직 대중적으로 쓰이지 않을 때였다. 세상은 학생운동권을 빨갱이, 주사파, 좌익, 친북세력, 운동권이라고 불렀다. 하지만 학생운동을 하던 이들은 이름 짓기에 별 관심이 없었다. 나도 내가 속한 것 같지 않은 좌파라는 구분과 지향에 별 의미를 두지 않았다.

대학을 졸업하고 활동가가 되어서도 내 생각은 학생 시절과 크게 다르지 않았다. 여전히 일사불란하고 조직적이며 대중적인 운동 기풍을 선호했고, 통일운동을 중요하게 생각해 8·15 행사에 찾아갔다. 동시에 문화예술운동 단체에서 일하며 문화예술운동의 독자성과 차이에 대해 배우고 생각의 중심축을 조금씩 옮기고 있었다.

다른 생각과 만나는 경험은 계속 이어졌다. 대학 시절 '국민승리21'의 선거운동에 참여했던 나는 자연스럽게 민주노동당 창당 초기 당원으로 가입했다. 당비를 낼 뿐 별다른 활동을 하진 않았는데, 언젠가부터 지역위원회 활동에 함께하게 되었다. 학교를 졸업한 후에 묶일 만한 터전이 없던 내게 동네 민주노동당은 괜찮은 보금자리였다. 우리 동네 민주노동당 은평구위원회에는 또래 당원들이 많았고, NL 성향 당원은 드물었다. '다함께'를 비롯한 다양한 성향의 사람들이 공존한 덕분에 게시판과 뒤풀이 자리에서 학생 시절 듣지 못한 이야기를 들으며 다르게 보는 법을 배울 수 있었다.

그때나 지금이나 진보정당을 둘러싼 논란 중 하나는 선거에 대한 대응 방식이다. 한마디로 민주당과 연대할 것인가 말 것인가. 대학 시절 NL이었던 나는 민주당과 힘을 합치자는 민주대연합 논리가 익숙했지만, '국민승리21' 활동에 참여하면서부터 다른 길을 가야 한다고 생각하고 있었다. 하지만 세상에는 그렇게 생각하는 사람이 많지 않았다. 보수 정당의 지배체제를 무너뜨리는 일이 가장 중요하다고 생각한 사람들은 선거 때마다 민주당과 진보정당이 힘을 합쳐야 한다고 목소리를 높였지만, 동네 당원들을 만나고, 김규항 등의 글을 읽으면서 민주노동당은 갈 길이 다르다는 생각을 굳혔다. 나는 민주당과 연대할 수 있다는 태도를 취하는 NL 쪽보다 독자 노선을 표방하는 PD 쪽에 마음이 쏠렸다.

선거 때문만은 아니었다. 민주당과 노무현 정부를 좋아할 수 없게 만든 사건들이 끊이지 않았기 때문이었다. 정태춘이 질질 끌려나올 만큼 처절했던 평택 미군기지 이전 반대 투쟁과 한겨울에 물대포를 얻어맞은 한미 자유무역협정(FTA) 반대 투쟁은 민주당이 같은 편이 아니라는 확신에 쐐기를 박았다. 집권 세력 중 많은 이들이 학생운동이나 시민 사회운동을 했다 한들 별 의미가 없었다. 연달아 민주당이 집권하면서 세상은 달라진 면이 없지 않지만 고통 받는 이들은 여전히 고통 받았다. 특히 2003년 1월 9일 두산중공업

공장에서 노조 탄압과 손해배상·가압류 중단을 요구하며 분신한 노동자 배달호의 죽음은 나를 먹먹하게 내리쳤다. 2005년 시위 도중 전용철, 홍덕표, 두 명의 농민이 전투경찰에 맞아 목숨을 잃은 사건 역시 큰 충격이었다. 세상을 바꾸겠다고 큰소리쳤던 노무현 정부에서도 노동자와 농민들은 변함없이 죽음으로 내몰렸다. 세상은 권력을 쥔 사람들이 중요하게 생각하는 만큼만 바뀌었다. 서 있는 곳이 다르면 보이는 풍경이 달랐다. 그래서인지 어떤 사람들은 죽어도 이슈가 되지 못했다. 눈물은 평등하지 않았다. 다른 정부에서 같은 일이 벌어졌으면 목소리를 높였을 사람들조차 대부분 입을 닫았다. 세상은 노동자와 농민의 죽음 앞에 무심했다. 지지하는 정치세력의 득실을 따지며 발언하는 사람들의 모습은 어처구니없었다. 그때 나는 누가 함께 싸우고 입을 닫는지 똑똑히 보았다. 눈물 흘리며 함께 싸우는 사람들 대부분은 좌파였다. 계급이라는 프레임은 구태의연한 옛날의 척도가 아니었다.

내 경험에서 NL은 노동자들의 투쟁에 큰 관심을 두지 않는 편이었다. 반미, 조국통일 투쟁이 더 중요하다고 여긴 탓이다. 그런데 사회에 나와 보니 IMF 구제금융 사태 이후 신자유주의로 재편된 한국 사회에서는 공고해진 자본주의의 내면 통치와 불평등이 훨씬 심각한 문제였다. 어떤 사람들은 폼 나는 '강남좌파'의 길을 논하기도 했지만, 상황은 조금도 여유롭지 않았다. 물론 NL의 활동도 의미 있는 일이라고 생각하지만 지금 중요한 건 그게 아닌 것 같았다. NL의 전통적인 프레임으로는 많은 이들의 삶을 지키지 못할 것 같았다. NL은 자본주의와는 싸우지 않는 세력 같았다. 북한의 현실을 있는 그대로 보지 않으려는 태도도 탐탁지 않았다. 민주당을 분명하게 비판하지 않는 모습이 특히 구태의연하고 비겁하게 보였다. 그 후론 NL에서 배운 문제의식을 첫 번째 기준으로 유지할 수 없었다. 세상을 바꾸기 위해서는 계급적 관점을 갖고 자본주의 체제와 싸워야 한다고, 자본주의 체제를 변화시키지 않고서는 행복해지기 어렵다고 결론 내렸다. 반미도 좋고 통일운동도 중요하지만 노동자민중의 생존권을 지키지 않고서는 좋은 세상을 만들지 못한다고, 신자유주의에 맞서 싸우지 않으면 안 된다고 생각의 방향을 틀었다.

그 방향은 좌파의 관점, 노동자의 관점, 농민의 관점이었다. 빈민의 관점, 여성의 관점, 성소수자의 관점이었다. 억눌리고 빼앗긴 사람들의 정체성과 시선으로 세상을 보아야 했다. 지금 그들이 어떤 상황에 놓여 있는지 알아야 했다. 그들의 목소리를 들어야 했고, 그들의 곁에 있어야 했다. 지금 싸우는 사람들과 함께 싸워야 했다. 여기 사람이 있다고 연대하고 알려야 했다. 민주화운동기념사업회가 생기고, 국가인권위원회가 활동하는 것만으로는 부족했다. 과거의 사건들에 제자리를 찾아주는 것만으로 끝낼 일이 아니었다. 절차적으로 민주주의가 완성되었다고 멈출 일이 아니었다. 곳곳에서 흔들리고 무너지는 삶을 지켜야 했다. 그 삶을 기준으로 나의 삶을 바라보아야 했다.

나는 좌파의 시선으로 보고 생각하고 행동하려 노력했다. PD 노선을 추종한다는 의미만은 아니다. 내가 생각하는 좌파는 길들여지지 않는 사람이다. 현실에 안주하지 않는 사람이다. 여전히 뾰족한 사람이다. 더 낮은 곳과 더 아픈 사람을 향한 시선을 거두지 않는 사람이다. 자본주의 체제를 무너뜨리고 바꾸지 않으면 안 된다고 생각하는 사람, 그래서 투표건 혁명이건 뭐든 해야 한다고 생각하고 날마다 준비하는 사람이다. 그래야 기후위기도 막을 수 있다고 확신하는 사람이다. 좌파는 생태주의와 페미니즘을 외면하지 않는다.

무엇보다 좌파는 말만 하지 않는 사람이다. 온라인에서만 뜨거운 사람이 아니다. 세상을 바꾸는 건 불가능하다고 포기하지 않고 언젠가는 가능하다고, 노력하면 된다고, 계속 노력해야 한다고 다짐하는 사람. 지금 할 수 있는 일을 하면서 담대한 상상력을 잃지 않는 사람. 가난하고 빼앗긴 사람들이 행복해지는 세상을 만들어야 한다고, 그들이 스스로 말하며 세상을 바꾸는 주인공이 되어야 한다고 계속 말을 걸고 설득하는 사람이다.

진보세력이라고 불리는 사람들과 오래도록 생각과 행동을 공유했다. 그런데 문재인 정부가 등장한 뒤 조국 사태와 박원순 서울시장의 죽음을 겪으며 이제는 진보세력이 분리되었다는 사실을 인정하지 않을 수 없었다. 함께 촛불을 들었지만 언젠가부터 길이 갈라져 다른 곳에 서 있었다는 것을 촛불이 꺼지고 나서야 알게 되었다. 진보라는 사람들이 조국을 옹호하고, 박원순을 편들고, 보고 싶은 것만 보며 민주당 정부를 지키려 하는 모습은 맹목적인 민주당 지지자의 모습이었을 뿐, 전혀 진보적이지 않았다. 검찰 개혁이 아무리 중요하다 한들 사실을 부정할 수는 없다. 잣대는 동일해야 한다. 진보적인 삶을 지향한다면 진실의 편에 서야 하고,

더 아프고 힘든 사람들의 곁에 있어야 한다. 하지만 세월호 리본을 소셜미디어 프로필에 걸어둔 이들이 기득권이 되어버린 사람들을 옹호하고, 뭐가 문제인지 인정하지 못할 뿐 아니라 진실과 약자의 편에 서려는 사람들을 비난하는 모습을 볼 때마다 황망했다.

진보라고 다 똑같지 않았다. 진보라고 자동적으로 진보하지 않았다. 왕년에는 혁명을 꿈꾸었을지 몰라도, 그들 가운데 많은 수가 기득권이 되었는데 무작정 감싸고 편들기는 불가능했다. 나 역시 흠결이 많은 사람이지만 아닌 건 아니었다. 과거에 어떤 운동을 했는지는 더 이상 중요하지 않다. 어떤 관점으로 세상을 보고 어떤 태도로 살아가는지가 더 중요하다. 예전에 이런저런 일들을 했다고 저절로 좌파가 되는 게 아니다. 예전의 활동은 예전의 활동일 뿐. 오늘의 좌파로 살기 위해서는 지금 좌파다운 고민과 행동을 해야 한다. 퇴행해버린 지난날의 진보와 단호하게 단절하고 분리해야 한다. 새로운 사람들이 새로운 길을 만들어가야 한다.

하지만 나는 세상을 바꾸기 위해 하는 일이 별로 없는 데다 잘못한 일들이 차고 넘친다. 앞으로는 같은 잘못을 반복하지 않으려고, 부끄러워하는 마음을 잃지 않으려고 날마다 거울 앞에 설 뿐이다. 행여 기회가 있다면 할 수 있는 일, 맡겨진 일은 해야겠다고 생각할 따름이다. 다행히 곁에는 차이가 차별이 되지 않도록 날마다 싸우는 멋지고 훌륭한 사람들이 많다. 그 사람들 곁에서 계속 듣고 배울 수 있다면 얼마나 좋을까. 그들에게 박수 보내는 역할이라도 평생 할 수 있으면 얼마나 감사할까. 멋지고 번듯한 좌파가 되지는 못하더라도 계속 꿈꿀 수 있다면. 묵묵히 노력하다 무해한 사람으로 사라질 수 있다면.

잊을 수 없는 밤

그 밤을 잊을 수 없다. 그 새벽을 잊을 수 없다. 2014년 5월 9일 밤. 우리 부부와 C는 광화문에 있었다. 청와대 앞에 있었다. 광화문 정부종합청사 앞에서 집회가 열렸기 때문이다. '만민공동회'라는 이름의 그날 집회는 세월호 참사에 대한 정부의 대응을 비판하고 대책을 모색하기 위해 열렸다. 그런데 집회가 끝날 무렵 주최 측에서 돌연 청와대 앞으로 가자 했다. 다 함께 행진해서는 갈 수

가 없으니 삼삼오오 개별적으로 가자 했다. 우리 부부와 C
는 재빨리 건너편 한국통신 앞 버스정류장으로 가서 마을버
스를 탔다. 사람들이 아직 움직이기 전이었고, 마을버스를
막지는 않을 것 같았기 때문이었다. 덕분에 제일 먼저 청와
대 앞에 도착해버렸다. 그곳에서 한동안 경찰들과 실랑이하
며 집회를 이어갔다. 그러다 밤이 깊어 그만 돌아가야겠다
고 생각할 무렵, 세월호 참사 유가족들이 온다 했다. KBS에
항의 방문 갔던 세월호 유가족들이 대통령을 만나러 온다
했다. 여기까지 걸어온다 했다.

약속을 했을 리 없었다. 예고 없이 무작정 오는 거였다. 세
월호 참사가 벌어진 지 한 달도 되지 않았을 때였다. 온 나라
가 슬픔에 잠겨 있을 때였다. 음악을 들을 수 없고, 맘 편히
웃을 수 없는 시절이었다. 내가 아무리 고통스럽다 한들 당
사자인 유가족들에 비할 수 있을까. 졸지에 가족을 잃어버
린 사람들. 기다리고 기다리다 더 이상 기다릴 수 없게 되어
버린 사람들. 생각만 해도 안타깝고 짠한 사람들. 얼마나 억
울하고 황망한지 짐작조차 할 수 없는 사람들. 그 사람들이
이 늦은 밤 여의도에서 청와대까지 걸어온다는 거였다.

떠날 수 없었다. 기다리는 수밖에 없었다. 그것이 그분들

에게 할 수 있는 최소한의 예의였다. 하지만 그분들을 만나면 견딜 수 있을지 자신이 없었다. 부둥켜안고 엉엉 울 것만 같은 기분이었다. 통곡이라도 할 것 같은 기분으로 채 50명이 되지 않는 사람들과 함께 청와대 앞 도로 건너편 인도에서 새벽을 맞았다.

그리고 그분들이 왔다. 하지만 만날 수 없었다. 껴안을 수 없었다. 손도 잡지 못했다. 경찰은 치졸하게 청와대 쪽 인도에 앉은 그분들과 건너편 인도에 앉은 우리를 가로막고 만날 수 없게 해버렸다. 감시가 소홀할 때 슬쩍 건너가 보니 세월호 유가족들은 길바닥에 주저앉아 있었다. 아무 말도 없었다. 담요를 둘러쓴 사람들이 묵묵히 앉아 있었다. 이렇게 말해도 될지 모르겠지만 그 순간 그들은 유령 같았다. 정신도 혼도 다 놓아버린 사람들 같았다. 그때 누가 맨정신으로 멀쩡할 수 있었을까. 사람이 앉아 있는데 쓰러진 나무들이 널브러진 것 같았다. 그렇게 먹먹한 뒷모습은 처음이었다.

아무리 새벽이었지만 졸지에 가족을 잃은 사람들이 대통령을 만나겠다고 걸어왔는데 대통령은 보이지 않았다. 버선발로 뛰어나와 콘크리트 바닥에 피 나도록 머리를 찧으며 미안하다 해도 부족할 대통령은 아무 말이 없었다. 세월호 유가족들을 청와대로 모셔야 할 경찰들은 그들을 가로막았다. 세월호 유가족들의 손을 잡고 얼마나 힘드시냐고 정말 죄송하다고 말해야 할 대통령은 끝내 유가족의 손을 잡지 않았다. 보이는 것은 경찰뿐이었다. 그날 이후 나는 박근혜를 용서할 수 없다. 차마 사람이라고 생각할 수 없다. 대통령의 역할과 책임이고 뭐고 이렇게 고통스러운 이들이 이렇게 가까이 왔는데 내다보지도 않는 사람을 사람이라고 여길 수 없다. 어쩌면 그리 모질고 냉담한지 치가 떨렸다.

대신 그 새벽 서촌의 커피공방 사장님을 비롯한 동네 사람들과 마을 활동가들이 분주했다. 새벽에 연락을 돌려 담요를 모으고 보리차를 끓여오고 간식을 준비했다. 본능 같은 반응이었다. 공감이고 연민이고 슬픔이고 연대였다. 우리는 아침이 되어갈 무렵 C를 남겨두고 먼저 자리를 빠져나왔다.

그 후 기나긴 싸움이 계속 이어졌다. 싸움은 여태 끝나지 않았다. 집회에서, 방송에서, 소셜미디어에서, 광화문 광장에서 그들의 모습과 이야기를 계속 보고 들었다. 대통령이 바뀌었지만 속 시원하게 해결된 일은 많지 않다. 매년 4월 16일이 되면 사람들은 노란 리본을 올리고 잊지 않겠다 하지만, 세월호 참사가 어떻게 되고 있는지 계속 관심을 갖는 사람은 많지 않다. 그래서 그들은 여전히 견디고 버티며 살아가고 싸운다. 그들을 볼 때마다 그 새벽이 떠오른다. 그 순간의 막막함과 슬픔이 지워지지 않는다. 시간이 제법 흘렀고, 세월호 유가족이라고 막막함과 슬픔만으로 살지 않을 것이다. 나 역시 세월호 참사에 대해 예전만큼 관심을 갖거나 감정이 요동치지 않는다. 하지만 그 순간의 기억은 그들의 뻥 뚫려버린 심장을 잊지 않게 해준다. 언젠가는 기억이 희미해지고 상처에도 새살이 돋을지 모른다. 그래도 이따금 돌아가 만나야 한다. 그 순간의 절망과 비탄으로부터 얼마나 멀리 왔는지 물어야 한다. 기억조차 의지이다. 그리고 우리에게는 기억하는 일을 넘어 더 많은 것들이 필요하다. 기억한다는 것은 계속 오늘을 사는 일이다. 계속 마주하고 파고들며 응답하는 일이다. 대화하는 일이다. 그 새벽이 묻는다. 그날의 소리 없는 목소리가 잘 들리냐고, 들은 만큼 답하고 있냐고.

나의 인생관

　　타인과 다른 것은 외모만이 아니다. 하는 일과 성격만일 리도 없다. 다른 사람과 나를 결정적으로 구분하는 것은 생각이다. 생각의 차이이다.

　나는 사회적으로 의미 있는 일을 하는 것이 중요하다고 생각하는 편이다. 나의 인생관은 나의 행복에 있지 않았다. 그보다는 사회적으로 의미 있는 일을 하고, 우리 사회를 더 낫게 변화시키는 것이 훨씬 중요하다고 생각했다. 그 일이 나를 행복하게 할 수 있는지는 중요하지 않았다. 정해진 답처럼 가장 중요한 일이라고 확신하기 때문에 당연히 할 뿐이었다.

고지식한 운동권이었기 때문일 것이다. 대학 시절 나는 운동권이었다. 학생운동을 했다. 학생회 활동을 하고 거리 시위를 했다. 화염병을 던지기도 했고, 쇠파이프를 휘두르기도 했다. 거리에서 서명운동을 하고 진보정당의 선거운동도 했다. 한국 사회를 변혁하고 싶었다. 그래서 자주, 민주, 통일, 반미, 민족해방 같은 단어를 품고 살았다. 수업을 듣거나 친구들과 어울려 노는 일이 중요하다고 생각한 적이 없다. 수많은 이들과 한자리에 모여 구호를 외칠 때 비로소 살아 있는 것 같았다. 그래서 대학을 졸업하고도 한동안 활동가로 살았다.

활동가에게 중요한 건 무슨 일을 하는지가 아닐 것이다. 어떻게 생각하고, 어떤 삶을 사는지가 핵심이다. 1990년대 NL 계열 학생운동권에서 사랑받았던 서총련(서울지역총학생회연합) 노래패 '조국과청춘'의 노래 중에 이런 노랫말이 있다. "하나밖에 없는 조국을 위하여 둘도 없는 목숨이지만/ 조국을 위해 바친 청춘보다 더 귀중한 생명 어디 있으랴". 나 역시 이런 생각을 오랫동안 품고 살았다. 모든 시간과 열정을 운동에 다 쏟아붓고 싶었다. 개인적인 행복을 추구하지 않았다는 얘기는 아니다. 다만 개인적으로 보내는 순간은 왠지 부끄러웠다. 운동가의 삶을 지향하고, 운동이 삶에서 가장 중요하다고 생각했기 때문일 것이다. 운동을 삶의 중심에 놓으려 했고, 운동을 중심으로 삶을 배치하려 했다. 1980년대 운동권도 아닌 'X세대' 운동권이 이렇게 생각했다는 게 신기할지 모른다. 하지만 1990년의 운동권 역시 크게 다르지 않았다. 개인보다 집단과 대의가 중요했다. 조직이 결정하면 하는 것이고, 평생 운동을 위해 결의하고 헌신하는 삶을 살아야 한다고 믿었다.

그러나 나는 운동가의 삶을 결의하고 헌신하기에는 너무 나쁜 사람이었다. 끊임없이 부정하고 변화시키려 했지만 제 외로움과 욕망을 어찌하지 못해 쩔쩔매던 청춘이었을 뿐이었다. 그 간극을 인정하지 못해 괴로워하면서 다른 이들을 끊임없이 힘들게 했던 참담한 영혼이었다. 말과 행동은 자주 어긋났다. 그 틈으로 바람이 숭숭 불었다. 그 틈은 누구에게나 보였을 것이다.

그럼에도 한번 형성된 인생관은 완전히 사라지지 않았다.

오랫동안 붙잡고 지키고 실현하려 했던 생각은 앙금처럼 남아 있다. 결국 다 지키지 못했지만 집을 사지 않고, 차를 사지 않고, 에어컨을 사지 않으려 한 것도 그 때문이었다. 진보적이라는 것은 단지 어떤 사회를 바라는 것만이 아니라, 그 사회를 만들기 위해 어떻게 살겠다는 약속이라고 생각하는 탓이다. 뭔가를 살 때마다 주저하게 되고, 집회나 시위가 벌어질 때 참여하지 못하는 자신이 부끄러운 이유랄까. 통장에 모이는 돈을 의미 있는 일에 다 내놓지 못하는 자신을 여전히 용납하기 어려운 이유. 운동을 하다 먼저 세상을 떠난 이들에게 한없이 미안한 이유.

이렇게 생각하는 사람이 많지는 않을 것이다. 대학을 졸업하고 사회에 나와보니 세상을 살아보니 사람들의 생각은 천차만별이었다. 나처럼 생각하는 사람은 소수였다. 진보적인 삶을 추구한다고 나처럼 생각하지도 않았다. 활동가인 부인님만 해도 나와는 생각이 많이 달랐다. 오히려 나 같은 생각을 비판하곤 했다.

사실 나의 생각도 계속 바뀌었다. 그럼에도 인생관의 결정적인 부분은 완전히 사라지지 않았다. 습성처럼 남은 것일 수도 있다. 다른 사람들은 이기적으로 사는데 나는 그렇지 않다는 이야기를 하려는 게 아니다. 시대가 바뀐다고 사람의 생각이 금세 따라서 바뀌지는 않는다. 물론 시간이 흐르고 세상이 바뀌면 영향을 받는다. 하지만 특정한 시대를 통과하며 형성한 세계관의 근간은 크게 흔들리지 않고 살아남는다. 노년층이 여전히 국가주의적인 이유이고, X세대가 개인주의적인 편인 이유일 것이다.

문제는 한 세대의 생각, 어떤 사상의 패러다임이 시간이 지나면 낡아버리거나 주류에서 밀려난다는 것이다. 그 사실을 받아들여야 한다는 것이다. 이제는 대의를 위해 개인의 욕망을 억제하며 살아가야 한다고 생각하는 사람이 많지 않은 것처럼, 그 생각을 드러내면 구닥다리 취급을 받는 것처럼. 자신에게는 여전히 어떤 생각이 가장 중요하고 절대적일지라도, 시간이 흐르면서 어느 면에서는 문제와 한계가 많은 생각이라는 사실이 드러나고, 받아들이지 못하는 사람이 많아졌다는 것을 인정해야 한다. 예전에는 자신이 당대의 의식을 가지고 변화의 중심에 서 있었는지 모르지만, 어느새 구태의연한 옛날 사람이 되어버렸다는 것을 받아들여야 한다. 그러지 않고 요즘 세상이 이상해졌다거나, 젊은이들이 문제가 많다고 생각해서는 안 될 일이다. 꼰대라는 게 다른 게 아니다. 자신의 생각을 절대화할 뿐 상대화하지 않는 사람. 자신의 생각에 문제가 없는지 살펴보지 않는 사람. 다른 사람의 생각이 다른 것을 인정하지 않고 자기처럼 바꾸려 하는 사람, 시간이 흐르면서 변화하는 상식의 흐름을 존중하지 않는 사람은 꼰대다.

당연히 꼰대가 되지 않으려 노력하는 편이다. 계속 보고 듣고 공부하는 이유이다. 트위터를 살피면서 젊고 신랄한 생각의 흐름을 파악하는 이유이다. 하지만 아무리 노력해도 어떤 생각은 바뀌지 않는다. 완전히 버리지 못했다. 특정한 취향도 좀처럼 바뀌지 않는다. 나는 죽어도 국민의힘 계열의 정당을 지지하지 않을 것이다. 혁명에 대한 열망을 완전히 버리지 못할 것이다. 나는 여전히 더 나은 세상을 위해 헌신하고 노력하는 삶이 가장 의미 있는 삶이라고 믿는다. 어떻게든 사회를 변화시키려 노력하는 삶을 살다가 가야 한다고 생각한다. 다만 내가 그렇게 살지 못해 부끄러울 뿐, 그렇게 사는 인생을 희생이라고 생각하지 않는다.

음악 취향으로 이야기하자면 아무리 새로운 음악이 많이 나와도 들국화, 이문세, 이소라 노래만큼 나를 찡하게 하는 노래는 없다. 이 음악들이 제일이라고 주장할 생각은 없다.

다만 나는 그렇게 생각하고 그렇게 느낀다. 다른 이들의 생각을 들어보고 다른 음악을 들어봐도 바뀌지 않는다. 결국 어쩔 수 없다고 생각한다. 망해버린 소비에트를 그리워하는 늙은 공산주의자처럼 비웃음의 대상이 되더라도 별수 없다고 생각한다. 어떤 경험들, 어떤 만남들, 어떤 선택들이 나를 만들었다. 나를 지금까지 끌고 왔다. 그게 나다.

그리고 어느새 나는 더 이상 청춘이 아니다. 여전히 새것에 민감하지만, 아니 그러도록 노력하지만 나는 새로운 것들을 온몸으로 흡수하지 못한다. 나는 이제 변화의 중심에 선 세대가 아니다. 게다가 내가 좋아하거나 중요하다고 생각했던 것들, 익숙하고 친숙한 것들은 여전히 내 안에 살아 있다. 자랑스럽지는 않지만 지우거나 쫓아내고 싶지 않다. 그 가치와 열망이 없었다면 나는 내가 되지 못했을 것이다. 나로 살지 못했을 것이다.

이제는 감각과 기억과 능력이 조금씩 퇴화하는 것을 느낀다. 세상이 변화할 때 배우고 따라가려 애쓰지만, 어떤 부분은 동의하지 못할 뿐 아니라 제대로 이해하지 못한다. 다만 그 사실을 부정하지 않는다. 인정한다. 그래도 어쩔 수 없다고 생각한다. 모두의 삶이 다 똑같을 필요는 없지 않을까. 나

한 사람 정도는 나처럼 생각해도 괜찮지 않을까. 나는 나대로 남아 있어도 되지 않을까. 어차피 나도 곧 사라지고 나처럼 생각하는 사람들도 사라질 것이다. 애썼으니 그걸로 족하다. 이 또한 나의 쑥스러운 인생관이다. 아무도 물어보지 않았던 이야기를 이렇게 늘어놓고 말았다.

부끄럽지만 기쁘게 살고 싶어서

김성우
응용언어학자

"지금 내 앞에 있는 인간은 지나온 삶의 증거이자

살 수 없었던 생의 흔적이다."

—『어머니와 나』

선생님을 알게 된 때가 기억나지 않지만 첫인상은 강렬했
습니다. 누구보다 성실하게 듣고 끈질기게 읽어내는 사람이
자 음악과 삶, 글을 엮는 데 진심인 평론가였습니다. '오늘
들은 음악' 목록, 인문사회과학 공부 모임 공지, 꼼꼼한 아티

스트 및 음반 리뷰가 그의 단단함을 증언하고 있었습니다. 이후 선생님의 저『음악편애』,『누군가에게는 가장 좋은 음악』 등의 책을 읽으며 예술에 대한 선생님의 태도와 안목에 배어 있는 세월이 궁금해졌습니다.

원고 곳곳에서 묻어나는 필자의 솔직함이 놀랍고 뭉클했습니다. 소셜미디어의 시대, 적지 않은 사람들은 '계산된 솔직함'에 기대어 자신을 드러냅니다. 매력적으로 보일 만한 것만을 취합하고 편집하여 보여주는 방식입니다. 하지만 책에서 드러나는 '서정민갑'은 계산의 바깥에 선, 날것 그대로의 인간이었습니다.

자꾸만 슬픔이 차올랐습니다. 고통스럽게 견뎌내야 했던 "그 상황을 만든 것이 자신이라는 것을 알게 되었을 때 슬픔은 배가 된다", "아무리 시간이 지나도 부끄럽기만 한 일들이 곳곳에 문신처럼 새겨져 있다"와 같은 구절에서는 한참을 멈춰 서서 호흡을 가다듬기도 했습니다. 읽기의 여정을 마쳤는데도 필자가 서른 번도 넘게 불러낸 '부끄러움'이라는 단어가 심장을 붙들었습니다.

빙판길에서 넘어졌을 때 창피합니다. 노래 중에 음이 엇나가면 멋쩍습니다. 그런 부끄러움은 시간에 녹아 사그라듭니다. 하지만 실로 거대한 부끄러움이 있습니다. 매일같이 들려오는 노동자들의 산재 사망 소식에서, 극단의 생활고로 세상을 등진 이들 앞에서, 온갖 편견과 차별에 시달리는 이주노동자와 성소수자들 앞에서, 무엇보다 지난날 내가 꿈꾸고 노래했던 세계와 지금 살아내고 있는 일상 간의 괴리에서 느끼는 부끄러움은 쉬이 가시지 않습니다. 심연에 자리한 부끄러움은 고요한 슬픔으로, 불면의 새벽을 감싸는 차가운 공기로, 떨쳐내지 못하는 몸과 마음의 습속으로 자신을 괴롭힙니다.

필자는 그런 부끄러움을 숨기지도 왜곡하지도 않습니다. 회한에 굴복하거나 현재를 합리화하지도, 타인의 비판을 외면하지도 않습니다. 그 모든 것을 직시하며 온전히 끌어안습니다. 거기에는 설익은 용기도, 거창한 선언도 없습니다. 그저 다른 이들과 함께 가치 있는 삶을, 무해한 재미를 추구하는 생활인의 자세가 있을 뿐입니다.

그 생활을 지켜내기 위해 필자는 꾸준히 운동을 합니다. 빵집과 맛집 리스트를 업데이트합니다. 변함없이 공부 모임을 지킵니다. 부인님과 함께 여행을 떠납니다. 하지만 리듬을 유지하기 위해서는 발버둥을 쳐야 합니다. 충돌하는 내면의 자아들과 함께 살아가는 일이 녹록지 않기 때문입니다. 반자본주의적 삶을 지향하지만 늘 모든 것을 걸 수는 없음을 깨닫는 '좌파 운동권'으로, 비판적으로 음악을 읽어내지만 이소라와 들국화로 돌아가 하염없이 눈물을 흘리는 '여린 팬'으로, 부모님에 대한 애정 속에서도 용서할 수 없는 기억으로 괴로워하는 '상처 입은 자식'으로, 불평등의 구조에 균열을 내려다가 연신 마음의 생채기를 다독여야만 하는 '아픈 사람'으로 버티는 일이 쉬울 리 없습니다.

오래전 타지에서 만났던 아름드리나무를 기억합니다. 쭉쭉 뻗은 가지와 푸른 잎이 얼마나 무성한지 수백 명은 족히 품을 만한 그늘을 드리우고 있었습니다. 하지만 가까이 다가가니 화려함과는 사뭇 다른 모습이었습니다. 곳곳이 파이고 딱지가 앉은 몸통은 수백 년 동안 한 번도 그치지 않았을 아픔을 머금고 있었습니다. 화려함과 아픔 중 어떤 것이 나무의 본모습인지 묻는 것은 의미가 없을 겁니다. 다만 너른 그늘을 상찬하는 말보다 깊은 상처를 쓰다듬는 손길이 삶의 진실에 더 가깝다고 생각합니다. 부끄러움을 품는 일의 고단함을 외면하지 않으면서 하루하루를 기쁘게 살아내려는 독자들과 함께 '아주 사소할 수도 있는 이야기'가 선사한 위로의 손길을 나누고 싶습니다.

서정민갑이 공들여 적어 올린
사私적이고 사史적인 '기억의 세계'

'대중음악 의견가' 서정민갑이라는 이름을 안 것이 정확히 언제인지는 기억나지 않는다. 우연히 누군가 소셜미디어에 공유한 〈서정민갑의 수요뮤직〉 칼럼 중 한 편을 읽었던 것 같다. '평론가'가 아니라 '의견가'라는 단어에서 느껴지는 생각의 흔적이 좋았다. 어느새 우리는 페이스북 친구가 되어 있었는데, '타임라인'의 서정민갑은 개인적 선호를 반영한 별점을 매긴 음악 목록을 올리는 대중음악 의견가이면서 동시에 '종종 보이는 정성스러운 긴 글을 쓰는 사람'이었다. 그는 자기 얘기보다는 자기 '관점'의 세상 얘기를 하는 것을 더 좋아하는 듯했다.

코로나19 유행이 본격화하던 무렵, 젠트리피케이션으로 이미 위축된 홍대 '인디신'의 위기가 더 가속화되고 있음을 염려하는 그의 인터뷰를 보고 나는 그에게 함께 〈마포구의 음악 생태계를 묻는다〉라는 토론회를 열자고 청하며 사회자를 맡아달라 부탁했다. 정해진 시간을 훌쩍 넘긴 온라인 토론회에서 끝까지 정제된 언어로 사회를 보는 그가 어떤 사람인지 좀더 궁금해졌다. 그런 차에 한 통의 메일이 왔다. 새 책의 추천사를 요청하는 그의 메일에는 이번 책에 부끄러운 자기 얘기가 너무 많아 민망하지만 "그럼에도 지금 저에게 가장 간절한 이야기들은 이런 모습이네요"라는 문장이 적혀 있었다. 반가웠다.

누군가 평생 공들여 쌓아 올린 기억의 세계를 조심스럽게 방문한다면 이런 느낌일까. 아니면 어른이 된 후에 만나 막 친해지기 시작한 친구의 집에서 빛바랜 앨범을 뒤적이며 사진에 담긴 사연을 가만가만 듣고 있으면 이런 기분이 들까. 흔히 사람들이 살아온 이야기를 풀어내는 행사를 한 권의 책에 빗대어 '사람책'을 만난다고 표현하는데, 원고를 읽으며 말 그대로 '서정민갑'이라는 한 권의 사람책을 만난 것 같았다. 어떤 '사람책'의 이야기는 지나치게 매끄럽게 다듬어져 오히려 이질감이 들곤 하는데, 단편적인 기억의 나열 같으면서도 은근히 이어지는 서정민갑의 이야기는 듬성듬성 숨구멍이 많아 오히려 생동감이 느껴졌다.

그가 풀어놓은 사람과 장소와 물건과 음악에 관한 여러 이야기에는 기쁨과 슬픔, 안타까움과 당혹스러움 같은 온갖 감정이 배어 있다. 그 감정들을 길잡이 삼아 지금의 그를 만들어왔을 크고 작은 순간들, 아마도 곱씹을 때마다 조금씩 강화되고 축약되며 여러 의미를 갖게 되었을 지극히 사적인 사건들을 종종걸음으로 따라가다 보면 어느새 우리 모두가 아는 기념비처럼 거대한 사회적 기억들, 우리가 보통 '역사'라고 부르는 그런 사건들을 성큼 마주하게 된다. '구리볼'과 이소라, 아버지의 손찌검과 어머니의 돌침대 사이에서 예고 없이 펼쳐지는 87년 이후 학생운동 투쟁의 묘사는 선명할 뿐 고압적이지 않다. 이런 균형감은 아마도 글쓴이가 그 기억과 거기에 배어 있는 강렬한 감정을 공유하지 않은 독자들의 존재를 끊임없이 상기하며 노력한 결과일 것이다.

소중한 것을 소중하다 말하고, 부끄러운 것을 부끄럽다 말하고, 그럼에도 포기하고 싶지 않은 꿈, 예를 들면 가능하면 믿는 대로 행하며 살아가고 싶다든가, 그렇지 못하다면 최소한 부끄러움이라도 간직하며 다른 이들을 응원하고 싶다는 꿈을 이야기하는 구절을 읽다 보면 불현듯 나의 소중한 것들과 부끄러운 것들을 떠올리게 된다. 영 파본 같아서 조용히 숨겨두었던 못생긴 감정들을 나 대신 적어놓은 듯한 문장을 만날 때면 뭔가 들킨 것 같으면서도 기묘한 반가움이 일었다. 이 책을 읽으며 문득 처음 인권운동 집회에 참석했을 때, 나만 빼고 모두가 〈임을 위한 행진곡〉을 태어날 때부터 알고 있는 것처럼 부르는 모습에 눈치껏 입만 벙긋거리고 돌아와 유튜브를 틀어놓고 맹연습했던 날이 떠오른 까닭은 무엇일까.

여기 실려 있는 이야기들은 기본적으로 서정민갑이 경험하고 편집해낸 기억이지만 한편으로는 결국 이 세상에 관한 비망록이다. 그가 강조하듯 함께 살아가기 위해 우리에겐 더 많은 서로에 대한 기억이 필요하다. 우리가 만들어가는 공동의 기억이 풍성할수록 우리의 존재는 풍성해질 것이다. 그렇기에 지금의 자신을 만들어온 소중한 기억을 나누어준 글쓴이에게 무척 감사하다. 우리는 얼마나 많은 서로의 이야기들을 아직 모르고 있을까. 이런 생각은 안타까움과 동시에 두근거림을 수반한다. 우리가 만나고자 한다면, 우리는 앞으로 얼마나 많은 이야기들을 만날 수 있을까. 좋은 이야기를 만날 수 있도록 서정민갑을 글 쓰는 사람으로 만들어준 그의 중학교 국어 선생님께 감사드린다. '좋아요' 백만 개를 누르는 마음으로 장황한 추천사를 그만 맺으려 한다. 이제 글쓴이의 담담한 글을 느긋하게 읽는 기쁨은 온전히 우리 모두의 것이다.

그렇다고 멈출 수 없다

초판 1쇄 발행 | 2022년 8월 30일

지은이 | 서정민갑
펴낸이 | 황규관

펴낸곳 | (주)삶창
출판등록 | 2010년 11월 30일 제2010-000168호
주소 | 04149 서울시 마포구 대흥로 84-6, 302호
전화 | 02-848-3097
팩스 | 02-848-3094

인쇄 | 영프린팅
제본 | 대일문화사